大展好書　好書大展
品嘗好書　冠群可期

大展好書　好書大展
品嘗好書　冠群可期

校園系列23

# 小論文寫作秘訣

林顯茂　編著

大展出版社有限公司

# 讓你一榜及第的「小論文策略大全」——代序

本書所指的「小論文」，其實就是一般升學、就業考試所稱的「作文」，它的特點是：

①字數約五百字以上，二千字以內。

②要投考者針對題目敘述意見、看法，藉此了解其語文能力以及各種內涵（人生觀、思想方式、個性、待人處事的態度等等）。

③在性質上，它跟一般作文和長篇累牘的大論文，略異其趣。

時下各種決定個人前途的考試（以學生來說，是高中聯考、大學指考；以社會人士來說，是就業考試、特種考試、升等考試），都有一種傾向，那就是，幾乎都有「小論文」的考試，而且，分數所佔的比率相當高。例如，大學指考的小論文——一般稱為「作文」——分數的比率，民國九十五年的滿分為二十七分；一般企業招考人員時，幾乎毫無例外地要應徵者寫一篇小論文——自傳、我的人生觀等——，而且把它當做筆試的總成績者相當多。

從這些事實，不難知道，「小論文」的成績已經成為及格與否的關鍵，誰也不能掉以輕心了。

「小論文」的地位，日益增高，處於這樣的情況下，「小論文」的寫作秘訣就成為考生必須具備的「利器」了。

但是，坊間有關「小論文」寫法的書，幾乎不見，有的只是「作文秘訣」之類參考書而已。

它們的編輯方針，大多偏向「如何寫出好文章」，這種書，當做平時練寫好文章之用，當可發揮威力，但是，臨到考試，對「如何拿高分」則毫無用處，因為寫出好文章的能力，並不是一朝一夕之間就能養成，這是不待詞費，人人皆知的事。

歷年來在各企業、各級學校參與過「小論文」考試的評分者，最曉得怎樣寫小論文才能拿高分。本書就是根據他們的經驗而編的。

站在「評分者的立場」寫的《小論文寫作秘訣》，便是一般作文參考書缺少的東西。也就是說，小論文能否拿高分，關鍵在於「如何寫出讓評分者共鳴的文章」。

本書公開的秘訣，重點都放在分析「評分者的心態」。告訴你怎麼寫，就能讓評分者發生興趣而給予高分；怎麼寫，就會使評分者發生反感，或是感到厭煩而給予低分。所以，熟讀本書的人，當可達到一榜及第的目的。

換個說法，本書就是「使評分者不得不給予高分」的策略大全。

對「作文」一向沒自信的人，看了本書之後，一定信心百倍。原就對「作文」有底子的人，看了本書之後，那就如虎添翼，無往不利了。

# 目錄

## 第二章　興致淋漓吸引到底

——怎麼寫才能使評分者看到底？

目錄

# 第四章　自設障礙毀了前途

## ——怎麼寫評分者就懶得看完全文？

# 第一章　開頭三行勝負已定

## ——開頭怎麼寫才能抓牢評分者的心

## 技巧1　一開始就指出：「這個題目包括了幾種問題」，就顯得論點清楚，容易吸引評分者的注意力。

評分者給一篇小論文的評價，在看完開頭數行之後，就大致有了決定，這句話，絕非過甚其詞。

這並不是說，開頭的話一定要「語不驚人不休」。

既然稱為「小論文」，當然跟小學生的作文、抒懷之類的文章，大不相同，所以，評分者的腦裏第一個關心的是：論點明確與否。

也許，有人會發問，還沒看完全文，怎能知道論點是否明確？

事實上，有些文章寫得讓評分者只看了頭幾行就覺得：「這篇文章寫得理路井然。」給評分者這種感覺的文章，當然會引起他急於一睹全文的興趣。

相反的，有些文章，在開頭幾行就給評分者「不過爾爾」的感覺。那就難望獲得高分了。

一位經常出現在電視、電台上，又時時舉行演講會，以說話明快卓稱的名評論家，如是說：

「對我發出的任何質問，我都要先表明：有關這個問題的論點共有幾種。只要搬出這一招，即使是難以了解，或容易拖長的話，聽者還是會興致盎然的聽到最後。」

這個方法，也可以套用在小論文的「起首」。

也就是說，投考者一開頭就針對「主題」，表明「它，包括了幾個問題」，然後，對那些問題一一敘述，或是把論點集於其中的某一種問題。

這麼一來，評分者立刻就感到：

①你文章的「觀點」和「範圍」，明確無比。

②你把問題處理得相當明快。

面對數百份或更多考卷的評分者，無不為看出「回答的是什麼」而勞心費時，所以，一開頭就這麼指明的文章，無異大大減輕了他的評分作業，從這個意義而言，這種寫法也能夠給評分者莫大的好感。

把「問題」分為幾種最合適？答案是：分成三種的成功率最高。

第三：我該如何為自己的臉孔負責？」

觀點不同，論點就不同——運用之妙，存乎一心。

這種開頭還有一個優點，那就是，繼續寫下去的時候，每個段落都能用「第一點」、「第二點」、「最後」等用詞，使文章發揮出前後分明，措詞容易的作用。

以《格列佛遊記》一書而聞名的英國作家斯威夫特（Jonathan Swift 一六六七—一七四五），他的文章以簡潔、明快卓稱。他又是個牧師，從他在教壇上說教的原稿，也可以看出，他充分運用了這方面的技巧。

總而言之，論點明快，可以使一篇文章一開頭就吸住評分者的心，發揮莫大的作用，這是毋庸置疑的。

## 技巧2　大有擴展性的主題，要加上「副題」（小標題）之後才下筆。

・「加強英文能力」——教室裏學不到的秘訣大公開。

•「人物鑑定」——知人、知面又知心的大秘訣。
•「愛情、男女」——五十三種愛情成功法。

以上的三個例子，有引號的是書的標題，有破折號的是「副題」。

你不妨把「副題」蓋起來，只看主標題去想像那本書的內容。你會覺得那些書「似乎有趣」，但是，無法抓到明確的印象。當你又看了副題，就對那本書有了概括性的了解。

這就是說，主標題（書的正式題目）和副標題的關係是：

前者的重點在於引起讀者一睹為快的心理。

後者的重點在於補充前者，具體地說出「書」的內容。

光是看主標題，那本書的內容還無法明確掌握，只有主標題、副題配合之下，整本書的內容，才能給予讀者明確的印象。

這種主標題和副標的關係，可不可以在小論文的開頭上做技巧性的運用？

小論文的題目，當然也有很具體的，但一般而言，以抽象居多，例如，「自由與責任」、「經濟與生活」、「真實」……等等便是。

出這種題目，主要的目的是使應考者自由發揮，從他們掌握和表現主題的方式，觀察一個人的內涵。

此類抽象性的題目，甚至有逐年增加的趨勢，這是值得注意的問題。而對應考者來說，再沒有比這種抽象性的題目，更叫他們難纏的了。因為抽象性的東西，總是給人飄浮不定，沒有頭緒的感覺。雖然要宰、要割，悉聽尊便，但是，大夥總覺得不知如何著手。

對付這種含混、籠統，內容大有擴展性的題目，可以運用「副題」，使原是曖昧不清的題目，化為內容明確的東西，這麼一定位，副題的效果就活起來了。

根據這種方式，以前面所舉的題目為例，就可以變成：

- 「自由與責任」——大學生活中的自由與責任。
- 「經濟與生活」——不景氣狀態下的經濟與生活。
- 「真實」——報導上的真實。

這就是說，把內容廣泛的主題，限定在某些範圍內，使問題的重點明確化。如此一來，本是難以捉摸的東西，一下子就有了明確的印象，你想發揮的內容就有了著落。

當然，你在答案上無須寫出副題，只要在腦裏想出適當的副題即可，這麼做，從第一行開始，你就有了既定的方向，文章就不至於支離破碎，不知所云了。

反過來說，這也等於在第一行就明白標出評分者急於知道的事（如何掌握主題的要旨？）使他對這有個強烈的印象，也算是大有斬獲了。

總而言之，看了題目就想：它，應該加什麼副題？對你來說，這絕對是有益無害的。

## 技巧3　從「與題目對立的事」寫起，內容就顯得言之有物。

評分者為小論文評分時，最重要的基準之一，是考生對題目究竟有多少程度的了解。

針對這一點，為了吸引評分者的注意，你可以運用「與題目對立的事寫起」的技巧。

例如，題目是「信」，你可能想到的題材是：

①過去，你寫給某人的信。

②引用名人的書簡。

③古時候驛馬傳信的制度。

④關於「信」的種種資料。

可是，前面說的題材，其他考生必定也會想到。他也這麼寫，你也這麼寫就沒什麼稀奇可言了，因此，不妨換個角度，從與「信」對立的「電話」動筆。

時下的人，不管事情之大小，都利用電話，所以，寫信的機會，比以前大減。有識之士甚至指出，最近的年輕人，語文能力之所以退步，原因之一就是懶得握筆寫信。

站在這個角度，一開始就搬出與「信」對立的「電話」，將它批評一番，老實說，這就是頗有說服力的方法。

至少評分者只看了前面數行就了解：這個考生站在現代的觀點對「信」的基本機能——通信的作用，有了充分的認識。

又，題目若是「我們這一代」，可別從我們這一代寫起，應該從祖父那一代開始，而且強調：與老一輩那一代相比，年輕的這一代就顯得「現實」、「缺少人情味」——把這些話，在前面數行內就點出來。

這就是說，在頭幾行內就把「與題目對立的話」放進去，藉此使評分者感到考生是個冷靜、客觀的人。

對立的內容（言詞），可以成為向評分者顯示你對題目的了解有多深的最佳素材。

你只要循此路線，對兩者互做比較，有關主題的深度就隨著展現，同時，論點也會浮凸而出。

又如，題目是「祖國語言」，與此對立的就是外語。

把兩者比較，可以指出很多相異之處，以及類似之處。

如，「富蘭克林曾經如是說」之類的話，並不一定那麼湊巧地浮現腦裏。

而且，通常把這一類「借來」的名言，或是記憶模糊的「插話」，硬插進去，就極可能使那一篇文章顯得滯澀不靈，落個不倫不類的結果。

與其冒此不韙，莫如學習前面說過的「即席致詞」的例子，一開頭就寫說：「今天，我在赴考途中，碰到這樣的事……」

這樣的寫法反而顯得自然而具有說服力。

你可以說：

「在捷運中，我看到一個青年，旁若無人地坐在博愛座上……」

然後，以老人福祉的問題，做為主要的論點，強調「人的價值」。

又如，從當天成為報紙熱門話題的事件談起，也是一法。

「今天的社會新聞版，刊載了這樣的消息：一個十六歲的未婚媽媽，把她生下不久的嬰兒，丟棄在火車站的寄物櫃裏……」

由此說到人與禽獸大不相同的道理，把論點引入「人的價值」。

這些方法，跟宴會中突然被指名致詞時，從容應付的招數，在原則上並無心理學上有一句專門術語叫做「靠山效果」。

一般人，通常都有一種傾向——只根據對方擁有的頭銜、名聲、地位判斷其價值，而不是根據那個人真正的實力去判斷。

小論文的評分者，有這種心理傾向當然也免不了。尤其，在考試的時候，站在評分者的立場，不管他們平時持的是什麼觀念，總是會產生一種「檢閱心理」，使他們比平常更覺得「權威」。

如果，小論文的主題，寫來容易趨向清淡，份量之輕，不足以動對方的心，那就要針對評分者的「權威心理」，運用「靠山效果」這一招。

也就是說，一開始就搬出名人的軼事，或是格言，好壓住陣腳，使文章顯得氣勢十足，份量足夠。

一般而言，越容易落筆的題目，內容越有份量不足的可能。

入學考試或是就業考試的時候，出現最多的是以「我」為主題的題目。

例如，「我的家」，「我自負的事」，「我」，「我的將來性」等等，便是此中典型。

除了「我」為主題的題目，只要主題與身邊之事有關，一般人的開頭語，總是離不了「我是……」，「我的○○是……」之類千篇一律的話。

評分者看這種考卷的時候，對它們一成不變的語調，當然會興起「又是這一套呀？」的心理，未看全文就想把那篇文章丟到一旁了。

所以說，處理這一類文章而想抓住評分者的心，一開頭就有必要盡量避免先提到「我」。

從這個意義上說，先搬出名人、偉人的軼事或是格言，的確有令評分者耳目一新的效果。但是，你要注意，千萬不要搬出陳腐、過時的名言或軼事，否則會遭到反效果。

你所提的名言或軼事，必須把重點放在新鮮、有趣、符合那篇文章的主題，因此，在考試之前，應該看些名人的軼事集、格言之類的書，最好看幾本「傳記」，以為運用之資。

有了這種準備，即使題目並沒有跟某一個名人的軼事，十分吻合，只要故事本身很有趣，隨便一扯，都會扯出某些關聯。人生的各種問題，本來就是

「脈絡相通」的。

例如，題目是「我的家」，你可以從「孟母三遷」的故事，說到你的家曾經遷移過幾次，每一次的遷移，新環境給你帶來什麼好處。

又，題目若是「我的自負」，你可以從偉大的全壘打王——王貞治說過的一句話寫起：「低潮給了我克服它的鬥志。對我來說，克服低潮就是使自己邁前的一種努力。」

由此提到，自己足以自負的，並不是小聰明，而是孜孜不倦地努力的才能。如此一寫，應用範圍之廣，就足以使你發揮自如了。

## 技巧6 一開始便寫：「先說結論……」評分者就會用輕鬆的心情看你的文章。

所謂「推敲文字」的秘訣，全在「除去蕪雜」，這是文筆為業的人，寫文章的時候奉行的原則。

事實上，當我們看一篇「名文」，都會為它的簡練有致，大為心服。很多名家為了刪減文章的蕪雜，往往都要費很多心血。

刪除多餘的文字——這個原則，當然也適用於小論文的寫作。

這不是說，你要為了寫出「名文」，而刻骨耗心，而是說，在落筆之前應該先想清楚：

①寫些什麼？

②刪除哪些多餘的內容或是文字？

看一篇小論文，最叫評分者頭痛的是：論點不明，一會兒說這，一會兒說那，摸不清寫的人想表明的是什麼。直到最後才跑出一句：

「總而言之，我要強調的是……」

評分者一看這個結論，不免有突兀之感，只得再從頭看一遍。

對評分者來說，再沒有比這一招更令人「滿頭發霧」心為之焦躁的了。

在受限制的短時間內，把小論文的題目充分消化，寫出一篇理路井然，言之有物的文章，的確不容易。

但是，說句不客氣的話，有些文章的層次不明，論點不一，就不得不讓人懷疑，寫的人本身恐怕也不曉得自己到底在寫些什麼。這種「莫名其妙」的小論文，實在太多了。

有些小論文，雖然寫得差強人意，但是，混進雜質的，也不在少數。這個現象，往好的方面來解釋，可以說成：由於受到時間的限制，明知寫得不太周全，也無法改寫。

可要知道，評分者只看文章的好壞決定分數，只要出現這種情況，你的文章就有被扣分的可能。

要避免這種錯誤，你得對文章的題目好好思考，設想如何去寫，然後把它的重點，開門見山地放在文章的起首。也就是說，把「結論」先說出來。因為開宗明義，結論已在這篇小論文就有了個大方向，寫來就容易理路分明。

小論文的生命就是理路分明，如此一來，評分者對你的文章，必然產生絕非泛泛的印象。

一位某企業的人事工管，曾經說過，當小論文評分的時候，碰到一開頭就像下面這樣的文章，就情不自禁地吁一口氣：

「先說結論：我希望在盡展才能這方面，找出我工作的意義。」那次考試的題目是：「工作的意義」。

每一篇文章的結論，老實說，都是大同小異，從這一點來說，那一篇開始就「先說結論」的文章，論內容也沒什麼精闢之處，文筆也沒有什麼突出。但是，對評分者而言，由於一看第一行就知道了立論的重點，因此，他就能夠用格外輕鬆的心情去看完它。

評分者也是人，如果碰到莫明其意的文章，一邊思考，一面耐著心看完一篇文章，到底也是一件耗心費神的事，在那種情況下，「先說結論」的寫法，當然給他與眾不同的好印象，而寫這篇文章的人，會得到比較高的分數，就成為理所當然的事了。

## 技巧7 在開頭的部分，接二連三地用幾個短句寫成的文章，很容易誘使讀者進入本題。

「鄉界有個長隧道，穿過它就進了雪鄉。東方已白。火車駛到信號所，停

了下來。」（川端康成——《雪鄉》）

「當時我還小，老爹常常告訴我金閣寺的事。我誕生於M市東北方，伸入日本海的寂寥山岬。………」（三島由紀夫——《金閣寺》）

「寺廟有宿舍的作用。S忽然想到換住處。他所租的房間，就跟寺廟的庫房緊鄰………」（島崎藤村——《破戒》）

看了這三段文章，你必定發現到它們有一個共同點，那就是，都以簡潔的短句為起首。

而且每一句話都一點一滴地逐次增加內容，因此，讓讀者自然而然給拖進而欲罷不能。

「小說的成敗，決定於第一行。」

日本短篇小說家的代表性人物——芥川龍之介（一八九二～一九二七）如是說。

上面的三個例子，都以簡潔扼要的頭一句話把讀者緊抓不放，正好符合了他的說法。

並不是只有寫小說才要注意到這件事。凡是讓人看為目的的一切文章（包括小論文），都可以應用這個方法。

一開始就把好多內容擠在一句話裏面，只會造成讀者心理上的重擔，說來絕無好處。

這就像把油膩膩的菜，一下子在你的碗裡堆積如山，即使飢腸轆轆，你也吃不了多少是一樣的道理。

評分者看到第一句話寫得冗長無比，就會疑慮頓生，生怕「後面的文章都是如此」，一睹為快的心情，壓根兒就蕩然不存了。

與其冒此大忌，不如在文章的起首，以正確、簡潔、短小的句子，一點一滴地累積內容，藉此吸引評分者的興趣。

以數百萬讀者為對象的報紙，處理每篇文章時，無不使用這個手法。想想，如果搞得讀者不想看內容，報紙不就無法達成「報導的使命」了？

假設，題目是「求學問的意義」，你的開頭第一句是：「所謂學問，對一個人而言……」用這種口氣申論，勢必把一大串理論做冗長的敘述，那就註定失敗（拿不到高分）。

與其這樣，不如把學生時代的種種回憶，以短句接二連三地說下去，其效果之大，真是不可言喻了。

以這種手法開始的文章，即使在中途變得稍嫌冗長，評分者由於一開始就被吸引，他還是會在沒有抗拒感的情況下，跟上來的。

## 技巧8 「莊重的序論」，只會讓評分者感到厭煩。

正式的論文，一般而言，很注重形式，通常都嚴守序論、正論（正文）、結論三種程序。

尤其是學術性的論文，總是以莊重無比的序論開始，提到這論文的主質、討論的問題，以及意圖之所在。對這些事，免不了做一番冗長的敘述。

論文以正確為旨，所以，這種序論或許非有不可，但是，說得穿鑿一點，它，似乎也成為「裝模作樣」的手段。

「我的論文絕不是泛泛之論，別以為隨隨便便就可以看懂。」

那些序論，似乎是在這種心態下寫成，大有故意使讀者敬而遠之的意味。小論文也是論文的一種，所以，有時候有個序論也未嘗不可，問題是在，很多人受這種論文的壞影響，刻意寫出莊重的序論，這就大有檢討的餘地。

假設，題目是「愛國心」，而你的第一句話寫的是：

「現在，我面對『愛國心』這個題目，一時不知如何落筆。所以，我打算從『我的愛國心』這個角度來寫它……。」

又，假設題目是「論新聞的正確性」，而你的第一句話寫的是：

「新聞，究竟是指什麼而言？我們有必要先為它下個清清楚楚的定義……。」

評分者看到這樣的開頭，會有什麼感覺？老實說，他們一定索然無趣，提不起看下去的勁兒。

第一個例子，從某種角度來說，是一種誠實的告白，但是，讓人覺得似乎在為自己申辯，顯得拖拖拉拉，有氣無力。

第二個例子，正是所謂「莊重的論文」那種調調，只會給人誇張、假裝鄭重其事的印象。

為什麼不單刀直入地進入正題？

是不是認為沒有先說些前論就不像論文？

小論文與大論文相比，字數少得多，因此，首要之務是盡量簡潔。

即使序論是不可缺，學大論文那種序論，說得冗長無比，豈不成了三不像？

有些人由於序論過長，後半部就給擠得不均勻，結論的部分也顯得太短，形式、內容都變成輕重不當。

又如，在開頭「豪言壯語」，卻老是無法觸及問題的核心，就大有可能變成有頭無尾的論文。

為了在有限的字數中，把該說的內容網羅殆盡，也為了趕快進入評分者急於得知的主題，文章的起首，應該以「一針見血」為旨，這是絕不能掉以輕心的事。

## 技巧9 對題目發出疑問——從這個角度落筆，會勾起評分者「一看究竟」的念頭。

一位名評論家曾經在《作文的技巧》一書裏說過下面的話：

「假說，要以『筆的力量勝於劍』這個主題寫一篇文章，直線式的想法是：『筆，代表文章、言論，它雖然沒有以劍為代表的那種武力式的力量，但是，到頭來，卻以比武力更強大的影響力，推動時代。』

這種構思之下寫成的文章，必定平板無力。要是先對主題本身發生疑問——從這個角度落筆，譬如，寫成：『請問，迄今為止的歷史，不就是筆弱於劍這種事實的累積嗎？』這篇文章就會顯得新鮮無比。」

這，與其說是文章的技巧，不如說是思考的方法——高度的思考方法。從這種角度入手的方法，應用在文章的開頭，格外能夠引起讀者的意外感和注意力。

絕大多數的考生所寫的文章，為了忠實地表達主題，難免一路走向平板無奇的方向，假如一反常態，使思考方式來個倒轉（向主題投以懷疑），就會逼使評分者不得不產生新鮮的驚奇感。

古希臘盛極一時的修辭學裏，有一種手法叫做反問法。例如，衝著「懶漢」，故意呼為「勤勉家」，就是一例。

莎士比亞寫的《凱撒大帝》，描述安東尼（西元前八二～西元前三十，古羅馬政治家，凱撒的武將之一）追悼凱撒的演說，自古至今，一直被當做反問法的代表。

安東尼捨棄平鋪直達的方法，採用反問法。他不說：

「凱撒並不是野心家。」

而是以疑問形式，接二連三地發問：

「凱撒果真是野心家嗎？」

他逐次發問，使得容易激動的群眾，附和著說：

「不，凱撒不是野心家！」

群眾原是稱頌刺殺凱撒的那一夥人為正義之士，經過安東尼的反問法，轉而罵他們「兇手」，然後大聲怒吼：「殺死他們！」

說穿了，群眾是被安東尼的修辭技巧制伏了。這叫做「修辭學的質問（Rhetorical question）」。

它，並不是一般常見的批判，而是藉疑問方式，暗藏深一層的意圖。

在文章的開頭，對主題投以疑問，就跟這種反問法的用意脈絡相通。

譬如說，題目是「我的履歷表」，你可以寫成：

「履歷表能夠正確表達一個人的一切嗎？我寧願對履歷表上無從表現的自己，做個忠實的描寫，我想，這才是名副其實的『我的履歷表』……」

這個方法還有一個好處，那就是，可以對自己打算肯定的主題，做強烈的訴求。

例如，一般企業招考人員時常出現的小論文題目「有意義的生活」，你就不要從正面寫說：

「我希望在工作中找到生活的意義。」

你應該從反問的角度寫說：

「對現代人而言，工作是不是真的可以成為生活中最有意義的事？」

如果，從這個疑問寫起，你就勢必把論點集中於「工作為什麼不能成為有意義的事」。

而到頭來，你還是會肯定「工作在生活中極有意義」，但是，你如何推展邏輯，如何引出結論，卻一開始就給了評分者莫大的興趣。評分者對你的文章發生興趣，你要得高分的願望就容易達成了。

## 技巧10 越抽象的主題，越要從具體的事實寫起，否則很難給評分者留下好印象。

小論文的題目，很多是抽象的，例如，「幸福」、「友情」、「自由」、「春暉」便是。

一般考生，看到這個題目就毫不考慮地從正面落筆，一開始就展開「堂而皇之」的理論。

對評分者而言，再沒有比這更使他們「退避三舍」的了。

寫的人，也許自以為非說出「高尚」的理論不可，因此，勉為其難地羅列很多觀念性的用語，可要知道，這種文章只會使評分者「滿頭發霧」而已。

語言本來就是表現思想、事象的手段，因此，稍一不慎就流於抽象。由於題目是抽象的，所以，你也從抽象的角度落筆，這種作法很容易令評分者以為你是故意含混、搪塞了事。

有些學者，往往把簡單易懂的事，故意說成艱澀難懂，而且以此為傲的，其實，把艱澀難懂的事，用簡單易懂的方式來表現，才能讓別人了解你的想法，不是嗎？

一位心理學家說過：

「要使一個人著慌、生氣，只要猛說抽象的言詞，使你的理論不按順序而飛躍（造成邏輯上的空白點）」。

由此推論，我們也可以說，針對抽象的題目而大發抽象的理論——這樣的小論文，即使是菩薩心腸的評分者，耐心地把全篇看完，恐怕也給不了什麼高分。他不生氣已經是不幸中的大幸了。

要讓評分者覺得你的文章與眾不同，可有什麼辦法？在面對越抽象的題目，你就越要從具體的事實落筆，這麼做，你就可以得遂所願。

評分工作相當吃力，所以，評分者看厭了大發抽象理論的文章時，偶爾碰到以具體事實開頭的文章，老實說，他們就有喜從天降的感覺，自然而然就對那篇文章發生好感。

這種初步印象會反映到整篇文章，縱然正文中有些地方失之蕪雜，或是寫得平凡無奇，評分者也可能手下留情，給以較高的分數。

## 技巧11 抽象的題目，如以「對我而言」這句話做開頭，就會給人具體的印象。

在前一項，我們說過，越是抽象的題目，越要「以事實使之具體化」的重要性。「使之具體化」的手段之一，就是舉出自己生活中的具體例子（或是人生體驗），由此進入論題。

譬如，題目是「運動」，與其從抽象的理論開始，不如從「小學時代在電視看過的奧運選手大顯身手的鏡頭，如何使你大為興奮」的事談起。

又，「夢」、「未來」、「行動與活力」等等的題目，也可以運用這個方式，加法炮製。

對每一個主題，都先冠以「對我而言……」這句話，你會發現，抽象的主題，突然就一變為具體可述。只要這麼做，文章的開頭就不能不具體化了。

語言學的世界權威S・I・早川，在他的名著《思考與行動上的語言》裡如是說：

「越能適用於一般的水準，就越不是抽象……。假設，有一個人想敘述『美國烹飪法』，他就務必走下抽象的樓梯，下到美國一般家庭的烹飪法、美國的食物保存法，直至美國家庭主婦在廚房中的活動……。」

也就是說，想要脫離極易陷入來回兜圈子的抽象之論，產生說服之功，你得把那句抽象的語詞，套用在自己的日常生活或是體驗中。

這時候，不妨借用名人的經驗談或名言，效果當能更大。

任何抽象的題目，都可以藉「對我而言……」這種思考方式使之具體化，但是，這個技巧卻有一個極大的陷阱，那就是，如果不把內容推展到更廣泛的一般性問題，就很可能變成：

①自以為是的論文。

②像小學生的作文那樣，膚淺庸俗，一無可取。

既然用「對我而言」引起了評分者的興趣，文章的結束部分，應該用任何人都會同意的「一般性的結論」，做個周密的綜合。

## 技巧12 具體的題目，加以抽象筆法入手，反而使文章顯得與眾不同。

一代之中，建立大財閥的日本實業家A先生，晚年功成名就，受眾人尊崇。每當有人請他題字，他就寫一句：

「勤勞的人不愁窮。」

少年時代，他剛到東京時，舉目無親，身無一文。當他從故鄉的「富山」來到東京近郊的「御茶水」，突然感到渴得不得了。

他精疲力竭地蹲在路邊，略事休息。他看到谷底噴湧不停的水。那時候的他，喝水的念頭早就飛得無影無蹤，為什麼呢？因為他想到，如果設法賣這裏的水給行人，一定可以賺大錢。

事實上，他把這個創意付諸踐行，也真的撈了不少的錢。做生意，必須有別人所無的慧眼，A先生從小就具備了這種才能。

這種商場上「逆行」的手法，也可以套用在小論文的起首。

譬如，題目若是「吾父吾母」，一般考生幾乎都從很具體的事寫起。下面就是一個例子。

「幼小的時候，我生了病，父母就為我……」

這就跟向A少年買水止渴的行人一樣，即使在後面寫出多好的文章，也無法在眾多考生中脫穎而出。

遇到這種題目，最好是「抄道」而行。

也就是說，針對具體的主題，你要反而從「抽象之論」開始。

在眾多答案之中，要使你那一篇小論文特別顯眼，就得使出「反扭」這種招數。

名作家寫文章的時候，無不為如何開頭而絞盡腦汁，目的不外乎設法吸引讀者。

只要細加分析，你將發現，他們無不常常使用：「抽象的題目由具體的事實寫起；具體的題目由抽象之論做開頭」這種手法。

## 技巧13 從「跟主題毫無相干似的事」寫起，會引發評分者的興趣和注意。

「解剖台上的縫紉機和洋傘的會合」——這是說明超現實主義（Surealis-me）藝術的原理時，常被引用的一句話。

這句話也表示「互不相干的異質的東西，撞在一起」的時候，會產生某種有魅力的印象。

寫小論文的時候，如果在起首部分就想吸引評分者的興趣，這個原理就大可運用。

乍看，似乎跟主題風馬牛不相及——從這種純屬異質的事情寫起，評分者看了之後，就油然興起某種「奇妙的期待」，如此一來，你那篇小論文就充滿了魅力，足以吸引評分者一口氣看完。

例如，題目是「我的國家」，你若開頭就寫：「我的國家是……」這就太落於俗套，不會引起評分者甚大的注意力。

要是寫成下面這樣：

「昨夜，我吃了虱目魚。口味之佳，無與倫比……」

這種開頭，乍看與「我的國家」這個題目毫不相干，但是，評分者卻會興致大起，抱著一種期待感，看你如何將它跟「我的國家」聯在一起。

對某種題目，不要過分拘泥，一成不變，否則你就無法讓想像力海闊天空地翱翔，這麼一來，文章就變得毫無生機了。

近年來，在各種考試中，抽象的小論文題目有逐漸增加的傾向，目的是在測驗考生「自由發揮」的能力。

例如，「劇場」、「活字」、「真實」這一類的題目，可以從考生如何寫它，看出各人的個性和能力。而越有這種內涵的題目，就越有必要使用「與主題似乎毫不相干」的手法，來表達你的個性，你的能力。

「劇場」、「活字」之類的題目，一開頭就寫說：

「劇場的歷史相當久……」

「活字是中世紀德國人葛登堡發明的……」

以這種內容和口氣做開頭，八成會變成毫無吸引力的論文。

它們共同的缺點是，把「劇場」、「活字」這些題目生吞，劈頭就從題目的「字面」上動腦筋，令人覺得毫無新奇可言。

更極端的是寫「真實」這種主題時，一開始就說：「所謂真實，是指不虛假、不詐騙的事實而言……」這種以字句的解釋開始的寫法，等於使那篇小論文變得「味同嚼蠟」，對拿高分的目的，只有百害而無一利。

要知道，此類題目的目的，是在測驗考生自由想像的能力，所以，要你的文章在眾多競爭者之中出類拔萃，就得「從毫不相關似的事情入手」，才能達到目的。

有些企業在招考新進人員時，甚至出這樣的題目：

「噴射機、褲襪、房地產——以這三樣東西寫成一篇論文。」

毫無變通能力的考生，遇到這種題目，豈不擲筆而嘆？

因為噴射機、褲襪、房地產這三樣東西，就是尋不出共同點，如果你硬從字面上去解釋的話。要是從自由想像的角度入手，任何看來毫不相干的事，都有聯成一氣的可能。

你的頭腦要經常保持靈活——這才是應付小論文最珍貴的「實力」。

一位名小說家如是說：

「我創作的秘密是：離開之後，又反身力攻。」

意思是說，寫某一件事，先得離它很遠，以客觀的態度看它，之後，讓主觀強烈熾燃，又轉過來向那個對象突進。

先離開本題，隔一陣子才回到本題——此一方法的效用在這位名作家的話裏，完全表露出來。

# 第二章　興致淋漓吸引到底

## ——怎麼寫才能使評分者看到底？

## 技巧14 寫親自體驗的事，比一般泛泛之論，更能說服評分者。

這一章要討論的重點是：如何寫出有趣的小論文。

這裏說的「有趣」。是指「使評分者感到有趣」而言。只要保持恰如其分的趣味性，把評分者吸引得非把你的文章看完不可。你的文章才不至於被「略讀而過」，因為被「略讀」，或是瞄一眼就被翻過去，那就表示你的文章「乏善可言」，得分當然不會高到那裏。

一般期刊，如果每期的內容大同小異，或是期期以揭發某人、某事的內幕（是真是假，頗難判斷）為主，讀者看多了，就為它的缺乏新鮮感而望之卻步——這是理所當然的事。

只有一個例外，那就是，事件的當事人所寫的「體驗之談」、「告白」之類的獨家報導，仍然大受讀者的歡迎。某些雜誌一直以讀者的「手記」為招牌，保持銷路的不衰，之所以如此，原因就在，那是作者親自體驗的事，不是憑空捏造，或是隨便拼湊的。

評分者看到這樣的小論文，總是給吸引得「非把它看完不可」。也就是說，羅列甚多美言麗詞，或是巧妙地借用別人的思想、意見，都沒有你親自體驗的事更能吸引評分者的興趣。

如果，那些體驗又是評分者想都沒想過的，訴求力之強，自在意料中。任何人多多少少都有「探尋隱私」的慾望，所以，對自己沒體驗過的，「別人的體驗」，總是興趣至濃。

電視節目上經常出現「異常的體驗」，或是「歷經不幸的人」，主要的目的就是加強訴求力。它曾產生滿足觀眾的需求（代理性的滿足），或是使觀眾重新認識自己的幸福這一類的效用。

評分者本身對別人的體驗當然也有興趣，尤其是在看多了枯躁無味的小論文後，忽然看到你的「經驗之談」，無疑的，你那篇文章在評分者眼中，必定大放異彩。

這種技巧，碰到難以整理、歸納的題目時（例如，「論暴力」、「人情味」等），尤能發揮它的威力。

由於難以整理、歸納，一般人在展開理論時，很容易就陷入「應該如此……」的調調。

如果寫出自己的體驗，就不會掉入這種陷阱，憑著內容表現出來的個性，就可以把評分者的興趣，吸引到最後一個字。

這是一種「心境小說」（以自己的生活體驗為題材的小說），從頭到尾，以第一人稱來寫。

必須注意的是，談自己的體驗，同時，也把隱藏在體驗背後的自己的意見、意圖，若無其事的表現出來——這就是運用這個手法時應有的要領。

又，結束的時候，不必大論特論，只把事實描寫出來，讓評分者感到餘韻裊裊，從中洞察你想表達的意思，那就是上上之策了。

這個手法的另一個好處，是容易把論點整理成有血、有肉的內容。靠這種突出的內容，可以使表現的拙劣、邏輯上的小缺陷，在評分者眼中變成「無須挑剔之事」，對你來說，這就佔盡優勢了。

## 技巧15

### 比喻的時候，運用「人體」和「氣候」為宜，用得恰到好處，文章就栩栩如生。

一位詩人曾經形容某個女性的乳房說：

「啊！妳胸部上的電鈴！」

另一位小說家，描寫一個女性的乳房，透過男主角說了這麼一句話：

「豐收，大豐收！」

從這種擬物、擬事的手法，可以看出比喻的重要。

由此可知，比喻是傳達某種微妙的事，以及複雜的理論時，把握其本質，正確而迅速地表現的方法。但是，明知如此，遇到必須使用比喻時，你不一定就能如手使臂，運用自如。

從截然相異的兩種事物中，尋出某一種雷同的「共同點」——出色的比喻，就是如此。

它，必須透過相當高度的智慧作業，才能產生。

古希臘時代，亞里斯多德（Aristoteles B、C三八四~三二二），希臘哲學家，柏拉圖的弟子，亞力山大帝的老師）就對比喻所具備的知性的一面，相當重視。

他在《論詩歌》（Peri Pojetikes）一書裏說：

「要從兩種異質的事物中，引出共同性質的能力，非有最高度的智慧不可。」

由此看來，比喻，不但在立即傳達微妙、難懂的事給對方之時，相當有效，也可以成為使對方對使用者的智慧水準，以及頭腦的靈活，留下深刻印象的利器。這就是說，使用比喻，不但使你的小論文變得易懂，也成為「推銷自己」的最佳方法。

實際上運用比喻時，該怎麼辦？

當你想不出巧妙的比喻時，不妨先把思路轉到兩種題材上。

第一種是：想到「人體」的組織。

第二種是：想到以「氣候」為代表的種種日常性的自然現象。

這兩種題材，超越了生活環境和時代的不同，而且人人都能從中獲得「真實感」，所以，頭腦再硬的評分者，也會發生共鳴。

尤其是「人體」，有人甚至稱它為「小宇宙」，因為，它具備了形形色色的組織和結構。

人類拿來當問題的一切主題，都能夠用人體中的某一種結構來比擬——這句話，絕非過甚其詞。

例如，「論現代社會的缺陷以及改革的方法」這種嚴肅的題目，可以把社會比喻為人體，社會的缺陷就是「疾病」，種種改革就等於對人體而做的外科手術；改變國民落伍的觀念就等於對人體施行的內科療法了。

社會問題的處理，如果稍一不慎，影響之大，往往足以左右國民的生命、幸福，所以，社會本身必須具備「體力」、「持久力」，這些都可以用人體來比喻，表現得使人感到親切、易懂。

以「氣候」來說，當年美、蘇兩國的「冷戰」，「思春期」、「青春」等名詞，在在表示「氣候」是一種很恰當的比擬對象。

把時代的變化比喻為春夏秋冬等季節的變化，也是一法。

總而言之，這也是運用之妙，存乎一心的事，只要稍微動動腦筋，不難成為發掘不盡，用之不竭的妙法。

## 技巧16 文章裏面夾了適度的會話，就容易引起評分者的注意力。

小說中都有許多會話（對話），這是因為運用會話可以把情景、人物描寫得更生動、更有臨場感。

小論文之類的文章，如果適度地應用這種手法，也可以產生很大的效果。

寫「字數受限制」的文章時，一般人往往把太多內容勉強地擠進去，要是在這種文章中，夾了一些會話，就會使呆板乏味的文章，產生新鮮的刺激，讓評分者有了「心情為之輕鬆」的效果。

請看下面的例子：

我的家，離火車站約有五、六分鐘路程。我走在兩旁都是田地的路。來到我家附近，四周變得更暗了。我的右手，突然被舌頭似的東西舔了一下。在黑暗中，定睛一看，發現一隻黑狗，跟著我走。

「喲，是阿黑啊。」

牠是我家又大又黑的狗。也許是遠遠就看到了我，才跑來迎接我的……。

※　　　※　　　※

顯然，在這段文章中，作者那句自言自語，即使沒有了它，並不影響文意的表達。

但是，由於那一句白言自語，充分表現了作者的驚訝和欣喜，還有，對愛犬的感情，也比千言萬語表現得更生動。

敘述中的文章，接連數十行之後，突然出現一段「會話」，會使讀者感到格外新鮮——這就是一個很好的範例。

這個例子也告訴我們：

「會話」的效果，在隨筆式的文章中，唯有「適度使用」，才能發揮它的作用。也就是說，用得太多反而失去了作用。

會話的效果，在描寫人物的時候，最能表現出來。

以小論文而言，在「伙伴」、「論親友」、「母親」、「我的家人」之類以「人」為對象的題目上，尤有大事發揮的價值。

請看下面的例子（題目是「酒友」）。

在我的家喝酒，不可能端出使吃慣美食的他們心滿意足的菜。啤酒啦、威士忌啦，全是他們從附近的雜貨店買來的。我曾經告訴K，在我的家，可沒有讓你這種貪吃的人吃得叫好的菜，他老兄就說：「哈，沒問題，我可以自己帶去。」他，果真帶來了，但是，其中的九成全都由他吃掉，你說，我能不服他嗎？

說到Y那個傢伙，什麼酒都喝，但是，偏好烈酒，常說：「唉呀，喝啤酒就得不時往廁所猛跑，實在太煩了！」

幼時母親說過的一句話；沈默成性的朋友，突然說出的一句給人印象頗深的話……。有時候，把鄉氣十足的方言，活生生地引用。這一類內容，足以使整篇文章起了變化，那些話也能夠使真實感大為增加。寫小論文的時候，不妨適度運用這些手法。

## 技巧17 把主題想成「如何型」，比想成「關於型」，更有焦點作用。

大學或是企業的研究會，聘請外面的人去演講的時候，從他們「如何提示主題」，大致可以看出主辦者是不是認真舉行那項活動。

「什麼題目都可以。」

提出這種要求就表示主辦者在打馬虎眼，沒責任到了家，實在不值一論，要是對方提示了主題，以內容而分，可以大別為兩種類型。

①「青春時代」、「關於教養」之類以名詞為主的題目，我們可以概括為「關於」型。

②「如何不浪費青春時代？」、「如何使工作場所變成獲得教養的處所？」之類，我們可以概括為「如何」型。

第一型的缺點，是說者的一念之差，就足以把內容扯得離題一萬八千里。

第二型就大不相同。由於出題者的意圖甚為明確，說者就失去了自由斟酌的餘地。

為了主辦者，也為了自己不至於胡扯一團，對第一型的要求，要不要答應，就不得不格外謹慎。

「關於○○」這個題目，意思雖然很清楚，要是深入問對方，是對○○的哪些問題發生興趣而選為主題，對方往往不能作答。

約人家寫稿，或是出書也一樣。舉個例子來說，如果請一個人寫「關於小論文」的書，受託的人，一時也不曉得把重點放在哪裏。

是要評論史上有名的小論文所扮演的角色？或是站在現代考試制度下，敘述小論文的出題傾向？老實說，光是提示「關於小論文」這個書名，寫的人可真是無從下筆。

如果給以「小論文寫作秘訣」這個題目，那就方向明確，意圖明顯了。

從這個觀點而言，聯考或是各種就業考試的小論文題目，可以分為「關於」型以及「如何」型。

「我的性格」、「論和平」、「表現」、「關於日常的禮節」等等，是屬於前者。

「有多少錢才算足夠？」、「怎樣建立良好的人際關係？」等等，是屬於後者。

碰到「關於」型的題目，即使順著它字面的意思寫下去，很容易像前面說的，託人演講而說不出「目標」之所在，你的文章就越寫越沒有焦點。

以「我的性格」為例，你很可能只把自己性格上的特徵，呶呶不休地舉出來，寫成一篇鬆散無力的文章。

要把目標瞄得準，你得不管題目是哪一型，全都在腦裏改變成「如何」型。

例如，以「我的性格」這個題目來說，你就想成：「我如何改變了性格？」或是：「我希望有怎樣的性格」，如此定好了重點才下筆。

要知道，循著「關於」型的思路寫下去，就像一天當中參觀數十個地方的觀光旅客那樣，只會給評分者「走馬看花」的印象，想拿高分就成為奢望了。

## 技巧18 題目雖然是屬於「過去」，但是主題可要放在「現在、未來」，內容才顯得有活力，有意義。

「我的經歷」、「我的學生時代」、「我的閱讀經過」、「回顧我的過去」之類以自己的「過去」為主的小論文題目，在各種考試出現的次數相當多。

這些題目給一般人的感覺，似乎是只要把自己的「過去」，忠實地寫出來即可。

但要知道，評分者所要求的並不是這些。

當然，透過這些文章，對考生的過去，會有深一層的了解，獲得比履歷表更詳盡的種種訊息，但是，評分者更重視的是：

①考生對自己的「過去」作何看法？

②打算如何使「過去」的經驗，活用於「現在」和「未來」？

因此，題目即使在表面上要你寫「過去」的事，如果寫成很像「自傳」，或是「回顧」之類的文章，可就瞄錯了重點了。

在目前有幾部歷史小說，創下了驚人的暢銷紀錄，之所以如此，是因為寫的雖然是「過去」，但是，頁頁充滿了對現代的關心，對現代的強烈啟示，才有這樣的結果。

一般人寫文章，當然無法像名作家那樣，可是，寫到自己的過去，而缺乏現代的觀點，寫這一篇文章的意義就蕩然不存了。

何況只知孜孜於敘述自己的過去，無法脫離「過去」的心境，這種人，從心理學上來說，更不可能獲得很好的評價。

舉個例子來說，我們常看到年已不惑的領薪人，動不動就對年輕職員大談自己過去的功勞，或是回憶的景象。

這種只知沈溺於過去，緬懷過去的人，就有逃避現在的消極傾向。

他們無法用冷靜的眼光觀察自己的過去，因而，把過去過度美化，對不利於己的事實，就採取視而不見的態度。

他們不為現在和未來而回顧過去，只知沈迷於過去，這就造成凡事不夠積極的性格。

精神分析學鼻祖佛洛伊德（Sigmund Freud 一八五六—一九三九，奧地利精神醫學家），曾經指出，這是藉回到過去而蒙混「現在」種種不滿的「退化現象」。

這是站在心理學的角度而做的解釋。在這裏顯現的「人與過去的關係，以及對過去的看法」，跟小論文的寫法，就有脈絡相通之處。

也就是說，把「過去」只能當「過去」寫的人，給人的印象是：八成無法把「過去」當成「現在」和「未來」的踏板，做更上一層樓的努力。

評分者對這種只會寫「過去」的人，必有的評價是：不能冷靜觀察自己，不能使「過去」的經驗活用到「現在」，這種人一定是缺乏積極性格的人。

英文的畢業典禮是commencement，這個字還有「開始」的意義。也就是說，告一段落的事，同時也有新事情開始的意義。

一件事雖然已成「過去」，如果不當成朝向「現在、未來」的出發點來掌握的話，它就失去了積極的意義。

從這個角度來說，題目雖然是屬於「過去」的事，如果你把重點放在「現在和未來」，文章裏的某些地方，一定觸及此後的人生計畫，如此一來，評分者對你的文章給以高分的可能性就大大增加。

## 技巧19 有必要說恭維話的時候，如果拿對方的「競爭對象」來比較，就顯得「自然」而具說服力。

「對本校的期待」、「我所知道的○○大學」、「我為什麼投考本公司？」之類問起志願動機的題目，經常出現在入學考試和就業考試中。

一般考生，面對這個題目，為了給評分者發生好印象，無不對那個學校或企業，極盡恭維之能事。

站在評分者的立場來說，看到對自己的大學或企業的稱讚之詞，雖然明知是恭維，心裏難免有好受的感覺。

問題是在，稱讚是一種「技巧」，要把對方稱讚得恰到好處，並不容易。

譬如，評分者本身對自己的大學或是企業的長處，已有充分的認識時，看到那些恭維之詞，就會想：「眾所周知的事，還要你來恭維呀？」說不定把你的一番頌詞當成肉麻之言，而興起輕視的念頭。

這就像對自己的美貌有信心的女人，猛誇獎她「美麗」，她反而要嗤之以鼻，是一樣的道理。

稱讚能手慣用的手法之一，是稱讚之時，把對方的「競爭對手」拿來做一番比較。以稱讚女人為例，與其說：

「妳很漂亮。」

不如把她視為「競爭對手」的某個女人抬出來，說：

「妳比〇〇小姐漂亮。」

這麼一說，包管她會展顏而笑。因為，這句話抬高了她的自我，使她的自尊心受到滿足。

寫小論文若要使用這個技巧，你得事先就對志願的大學或企業，以至於他們的「競爭對手」，都要做一番起碼的調查。

以日本的例子來說，考「慶應」大學就要對「早稻田」大學也調查一下；

考「住友」商社就要對「伊藤忠」商社也調查一下；考「豐田汽車」，就要對「日產汽車」也調查一下。

照這個方式，把社風、校風的差別，以及創設者、校長、畢業生的特徵等等，都查出一個大概，有這些資料，才能指出「競爭對手」的缺陷，間接地使自己志願的學校或企業的長處，浮凸而出。

假設，你參加某中小企業的就業考試，中小企業的「競爭對手」是大企業，如果你舉出大企業的缺點，就等於對評分者表達了你志願中小企業的動機。下面是一個例子：

「公司的英語是company，它原來的意義是：分享同一個麵包的人——也就是朋友、伙伴。

可是進了大企業，據說，只能在就業典禮時才能看到董事長或總經理的臉孔，說來這就跟公司原來的意義，大相逕庭。

本公司屬於中小企業，在這裏工作，我可以經常意識到，身為組織中一份子的自己，如何對公司有所貢獻。

在這樣的環境，這樣的心境下工作，不是很有意義嗎？這就是我志願本公司最大的動機……。」

下面是第二個例子：

「有一次，我問一位進了大企業已經一年的前輩說：

『您目前做的是什麼工作？』

他苦笑著答說，幹的是在郵寄物上貼郵票的工作。

與其進入大企業，在精密的分工制度下，只做某一部分的小工作，不如進來本公司這種大小適度的企業，在能夠掌握整個作業的情況下工作——我覺得這樣才有意義。」

## 技巧20 描寫某一個人物時，如果加些「軼事」，評分者就有強烈的親近感。

小論文的考試經常出現「我尊敬的人」、「談親友」之類有關人物的主題。

碰到這種題目，你就非介紹（描述）某一個人物不可。那時候，你若對那個人做全盤性的細膩描寫，給評分者的印象，並不會強到哪裏。

譬如，以林肯為你最尊敬的人物來寫的時候，即使舉出他解放奴隸、終止南北戰爭等等的功績，還提到他「民治、民享、民有的政治」那句名言，由於一般考生所寫的也不能脫這種方式，你那篇文章就無法顯得特別搶眼。

你應該把尊敬他的地方，用講軼事的方式說出來。例如，你尊敬的是他的平民作風，你就舉出下面的故事：

有一次，林肯在街上走。一個市民看到他就說：

「我以為總統有不可一世的威儀，可是，瞧他的長相，還不是跟我們一樣的平凡？」

林肯答說：

「上帝愛的是長相平凡的人，所以，祂才創造了這麼多長相平凡的人。」

如果你尊敬的是他的清廉，不妨舉出下面的逸事，表示他是個廉潔可敬的人：

「林肯當選為總統的時候，共和黨給他的支助費是兩百美元。當選之後，他寫了這樣的信給共和黨總部：

『我的選舉費用，大部分都由志願助選的人支付，因此，黨部的支助款就花的不多。茲把餘額寄回，敬請查收。』

他寄回一九九•二五美元，也就是說，林肯用了〇•七五美元——做為助選員的飲料費。」

把這些故事說出來，評分者不但了解你尊敬林肯的理由，同時，這些故事也會給他一種強烈的親近感。

軼事最能表現一個人真實生活的一面，所以，看過的人都會情不自禁地產生親切感。

另外，你能夠把尊敬的理由，如此明確地說出來，這就證明你不是由於題目是「尊敬的人物」，才漫不經心地描述一個人物，進而也給評分者如下的印象：平時，你就對這個人物下過一番工夫研究，因此，對他的一切，無不盡悉。

只要那個人物的知名度愈高，軼事的效用也愈大。當然，主題若是你的家族或是周圍的人，運用它，照樣可以發揮威力。

例如，題目是「我的親友」，與其大談「友情論」，或是對朋友來個「人物小評論」，不如介紹卜面的事：

①你跟他之所以深交，一定有某些「事件」做媒介，你就把那個「事件」做一番介紹。

②你把跟他相處之間經歷過的一些只有你知、他知的「故事」介紹出來，藉此描述朋友的種種。

③透過那些「故事」，表明你為什麼把他當做親友，這就比一知半解的「友情論」，更能把你的人物鑑定法，以及那個朋友的影像，鮮明地傳給評分者。

## 技巧21

**強調自己的長處，一定要加個「別人常常說我如何……」，使之產生客觀性，除去「自吹自擂」的意味。**

這是PR（宣傳活動）的時代。

銷售得法，商品就連連暢銷，反之，銷售不得法就可能閉門大吉，這是人人皆知的道理。

就業考試的時候，當然也不例外。如果把自己當做「商品」，就要設法使評分者覺得你比其他「商品」（應試者）要優秀得多。

也許是這個道理，不少企業在就業考試時候的小論文，就偏向可以任應試者做PR的題目。

例如，「我的將來性」、「我的推銷秘訣」、「出版社編輯應有的觀念」等等便是。

表面上看來，這種題目似乎容易應付，因為寫的就是自己，你大可趁機把自己的長處，大寫特寫，好好推銷一番。

事實上，陷阱就在這裏。

任何人都有過下面的經驗。當別人誇談他的長處或是成功史，而且大有綿綿不休之勢，聽者就無个皺眉，覺得無聊至極。

何況，一般人還是視「謙虛」為美德的，這就不只是「無聊」，有時候，甚至覺得可厭呢。

描寫自己，不管是寫好的一面或是壞的一面，都很不容易，這是由於無法「客觀觀己」使然。

例如，任何妙手回春的名醫，當家人生了重病，據說都要另外請醫師來為家人診斷、治療。

因為病患若是自己的人，醫師就很難用冷靜的眼光去看，極易判斷錯誤。醫術高超的名醫，在家人成為病患時都難以客觀地診斷，由此可知，一個人要客觀地看自己，是如何的困難了。

要是缺乏這種客觀性，而為所欲為地「推銷自己」，結果如何，是不問可知的。

把自己的長處，得意洋洋地寫出來，這種小論文，對評分者來說，充其量只不過是談來「乏味」的東西而已。

要除去這個弊端，就得使文章具有客觀性。

讓自己真的有「客觀觀己」的能力，談何容易。但是，我們可以靠文章的技巧，渡過這個難關。

當你寫到自己的長處，如果直述就有自誇的意味時，你就以第三者來敘述自己的長處，這麼一來，讀你文章的人就不覺得你是在「自誇」了。

「有人告訴過我，所以，我才發現自己那一方面的長處……。」

「某某人曾經對我說……」

用這種方式表達你的長處，不但可以把你好的一面，盡其可能地說出來（達到「推銷自己」的目標），而且也不至於使評分者覺得肉麻、可厭。

下面是一個例子：

「我從來沒有當面被誇獎過。直到大二的時候，社團裏的一位學長，告訴我說：『你的耿直，是一般人做不到的呀。』」

這樣若無其事地強調自己的長處，效果之大，遠超「賣瓜者之言」。

這種表現方式，比直截了當地說自己的長處，顯得自然感人。

「我的長處是：為人耿直。這一點，我自認為絕不遜於任何人。」

如果，你以這樣的口氣敘述自己的長處，評分者對你，絕不會有很深刻的印象。

藉第三者的話表明自己的長處，評分者就覺得你的敘述有客觀意味，連帶地對你有了較好的印象。

## 技巧22 「補充」或是「辯解」，會給評分者「與之狎近」的感覺，容易引起反感。

「寫到這裏，也該擱筆了。雖然意猶未盡，由於受字數的限制，也只好如此了。」

「寫了一大堆，但覺拉拉雜雜，理路不清，敬請原諒。」

小論文的結束部分，常常看到這一類「補充」或是「辯解」性質的話。

在一定的題目，有限制的字數和時間下，寫一篇文章，人，難免會想：

「時間再多一些就可以寫得更好……」

「字數如果可以多一些就能寫得更好……」

這是人之常情，因此，寫到最後，時間已到，字數已盡，難免會說出這一類「辯解」之詞。

可要知道，在考場中，眾多應試都在同樣的條件下，寫這篇文章，此類「辯解」就成了畫蛇添足。

同時，這種行為也違反了出題者的意圖。

此話怎說？

題目若是「談我的父母」，或是「印象最深的一本書」，出題者的意思是要你寫題目範圍之內的事，當然，應試者要寫範圍之外的事，也無法禁止，但是，這就構成「犯規」的事實，在評分者眼中，它就成了「刺眼」的事。

何況，附有「辯解」之詞，也等於對評分者表明了自己的小論文寫得不夠精密、不夠快，這不是「自打嘴巴」嗎？

事實上，後面附有「此類補充」、「辯解」的小論文，一般說來，都屬「下下之文」——這是做過評分者的人一致的看法。

評分者跟考生素不相識，所以，有「補充」或是「辯解」的小論文，只會給評分者太「狎近」的印象，容易引起反感。

小論文的最後一、二行，通常是下結論的重要部分，也是評分者特別注意的地方之一，從這個觀點來說，寫出跟主題脫節的內容，就格外有引起反感的可能。

有時間寫「一無是處」的內容，不如重看全文，改正錯字或是修整論點，反而大有益處呢。

## 技巧23　發現自己寫的文章有缺點時，與其勉強辯解，不如將它正當化。

當你重讀自己寫的文章，往往會發現寫的時候沒發覺的一些缺點。

小論文有很多限制，所以，寫完之後，若以評分者自居而重讀你寫的文章，通常會發現它有下列的毛病：

①內容有重複的地方。

②把私人的感情放得太重。

重讀自己寫的文章，通常都在限制的時間快用完的時候，因此，即使發現了缺點，由於時間所剩無幾，你就無法重寫，或是好好修改。

這時候，很多人都會迫不得已地加一些辯解的話，譬如：

「不少地方有重複之嫌……」

「我一再地重複了這個論點……」

老實說，這種辯解的話於事無補，與其走這樣的消極路線，不如使重複之處變成積極的主張。

例如，你可以寫說：

「我之所以一再強調這一點，是因為……。」

這麼一來，重複的部分在整個論文中就有了「積極的意義」。

又，如果發現在文章中把自己的感情放得太重，可以加一句：

「……由於這個緣故，我才寫得如此激動，事情已經惡化到這樣的地步了。」

如此一轉，就不至於顯得「太主觀」，反而使整篇文章變成充滿熱情，十足客觀的「佳作」了。

又，如果你覺得文章寫得東拼西湊，理路大亂，千萬不要加上：

「拉拉雜雜地寫了一大堆……」之類的結語。

此語一出，評分者就想：

「好小子，原來你是讓我耗時間在你拉拉雜雜的文章呀!?」

本來是不大在意的，經你這麼一提，他就發覺引你的文章，漏洞似乎不少，印象一下子就轉壞了。

當你發覺自己的文章有東拼西湊之嫌，而且，假設你一共寫出五點，應該用下面的話做結語：

「我在上面列出的五點，目的是在強調……」

這麼一寫，東拼西湊的五點看法，就不再是東拼西湊的玩意，倒是搖身一變為「有所指」的具體主張了。

這些例子告訴我們，在受限制的時間內，無法大大修改文章時，不要為文章的缺點大事辯解，而是把方向轉到「使缺點變成積極的主張」上面。這種「化短處為長處」的技巧，對你的拿高分，著實大有裨益，應該好好運用才是。

## 技巧24 斷然捨棄在記憶力和博識方面贏得評分者另眼相看的念頭。

在學校做慣了是非題、選擇題等考試方式的學生，碰到小論文這種形式的考試，也許是不習慣的關係，往往寫出與題目相去甚遠的內容。

其中，最多的缺點，是擠入太多的知識或是客觀性的資料。

是非題、選擇題的正確答案只有一種，習慣於這種客觀性測驗的學生，遇到小論文這種答案不一定只有一種的考試方式，難免產生迷惑和不安，這就是把小論文常常寫成內容不符題意的原因所在。

這種傾向，在是非題、選擇題的考試上，成績向來優異的高材生之間特別明顯。

為了在答案不一的小論文上，設法以明確的方式表達自己的實力，他們只好搬出具體的知識和資料，而且求其量之多，因而陷入網羅主義——盡其可能網羅有關的知識和資料，藉此顯示實力絕非泛泛。

一般考生常犯的另一種錯誤，是把敘述性的測驗和小論文，混為一談。

所謂敘述性的測驗，是說把「敘述英國產業革命之所以成功的社會條件」之類的題目，以字數二百到三百字為限，要考生寫一篇文章。

以形式來說，它跟小論文稍微相似，但是，最大的不同，在於它是有固定的答案（不像小論文那樣，可以各述己見），說來，它也屬於客觀性的測驗方式，因此，與題目有關的知識，是否豐富，就成為得分高低的關鍵。

在這裏，我們必須認識清楚的是，小論文的測驗和是非、選擇式及敘述式測驗，不同之處到底在哪裏？小論文要測驗的到底是什麼？

假設，小論文的題目是：「科學技術的進步與公害」，如果，只舉出科學日進千里，生產量大增，但是，另一方面大自然卻飽受破壞，生活環境也被污染等等的事實，做一番解說——換句話說，就是堆砌有關的知識而已。

這樣的寫法，不能說是小論文，充其量只能說是「客觀性測驗的回答」。

寫小論文，除了以這些知識為基礎之外，還要從中引申個人的意見和想法，否則就不成為小論文。

以前面的題目而言，有關公害問題的事實和資料，是次要的條件，從中引申的個人的意見才是主要的條件。

主、從之別，在這裏必須劃分清楚，因此，知識、資料的內容只能控制在最小的限度，自己的意見必須佔很大的比率。

極端地說，即使沒有事實的詳細說明，也無關緊要。老實說，你只要一筆帶過，對整篇小論文的價值，絲毫發生不了影響。

我們甚至可以說，即使對那些知識一無所知，也能寫出像樣的小論文。

例如，你可以從自己對公害問題如何的無知，如何的不關心說起——從反省的角度落筆，照樣可以寫出內容紮實的小論文。

由此可知，小論文和「客觀性的測驗」大異其趣的道理。後者跟「知識的有無」、「知識的多寡」有絕對的關係，前者則相反。評分者想從小論文看出的，是你對主題的個人意見，以及如何用你自己的文字表達出來。

所以，堆砌一大堆客觀性的知識、資料，打算藉此使評分者另眼相看的念頭，說穿了，是瞄錯了靶，你還是斷然捨棄那種念頭才好。

## 技巧25 只知堆砌評分者看不懂的事——這樣的論文，會引起評分者的抗拒心理。

把評分者不知道的情報或知識，在文章中若無其事地加上去，藉此引起對方的注意——這是寫小論文的技巧之一。

那些情報或知識，必須新鮮得評分者看了之後也想告訴別人。不過，使用這個技巧時，務必小心，否則很可能產生反效果。

通常，要教對方不知道的某種知識時，口氣不當，就會給人硬裝內行，或是誇耀自己的感覺。如果，在論文中出現這種情況，此類感受就顯得特別的強烈。例如：

「有關這個主題，某某人曾經如是說……」

「根據外國的文獻，這件事情的說法是這樣的……」

如此這般，抬出一大堆「高尚的意見」，你是不是認為評分者會對你大為折服？

錯了！這表示你完全沒掌握到評分者閱卷時候的心理特徵。

「這不都是別人的意見嗎？你自己的意見跑到哪兒去了？」

身為評分者，面對那些堆砌的「高尚意見」，他一定抱著這種心理讀下去。

有些人，甚至陶醉於這種 pedantrY（自炫博學），除了賣弄學問之外，語氣之間充滿了居高臨下的意味，令人覺得他好像在說：

「你不可能知道這一類知識的，知道的人，天下之大，只有我。我的與眾不同就在這裏。」

假設，小論文的主題正是評分者專攻的學問，那麼，應試者這麼一賣弄，那個知識到底是自己的，或是借來的，一下子就真假立辨了。

以賣弄學問為能事的人（**pedantic**）所寫的論文，他的論調，大致都用下面的語氣：

「我猜，你八成不知道這件事的……」

一副得意洋洋的語氣，令人想像得出他不把別人放在眼裏的「囂張」意味，如果你是評分者，必定也一肚子火。

以這種口氣寫小論文，絕對有害無益，因為評分者會想：

「哼，不懂裝懂，還大言不慚地訓人呢！」

給評分者這樣的惡劣印象，你說，還能拿高分，可真是天曉得了。

評分者都是相當有學問的人，以大學而言，一定是學者，以企業而言，一定是知識份子，這些人的自尊心都很濃，如今，被自己的孩子那樣的年輕人，以如此慢人的口氣對待他，當然會大起反感的。

如果，你真的非那麼寫不可，就該技巧一點：

例如，把「您八成不知道這件事」，改為：「相信您也知道……」這麼一改，等於承認評分者的知識程度相當高，也含有「尊敬」的意味。評分者也是人，看你這麼寫，當然覺得好受。至少可以肯定不會發生反感的。

又，舉出一些知識來推銷自己的博學時，也有個秘訣。那就是，避免自炫的口氣，寫成：

「聽說……」

「據精於此道的人說……」

如此一轉，傲人的口氣就立時消失，推銷自己的目的，同樣可以達到，豈非一石二鳥？

還有一種使評分者厭煩的論文，那就是，動不動就堆砌一長串的統計數字。

老實說，這也是炫耀學問的一種。令人覺得，應試者好像有意強調記憶力的既強又正確。

其實，何妨設身處地想想，換了自己，看數字密密麻麻的文章時，到底有何感受？

你是不是給那些數字搞得頭昏腦脹，真想跳過那一段不看？評分者當然也會有這種心理的。

這不是說，在小論文之中不能提到數字，因為使用數字也是宏效可期的說服方法之一，要緊的是，使用數字要恰到好處，同時，你得好好說明那個數字特有的意義，把那個意義，明確地傳給對方。

如果只知堆砌單調之味的數字，使人昏昏欲睡，不讓那些數字產生積極的意義，那就不如斷然捨棄，一字不提。

## 技巧26 一般人都知道的訊息，要設法加添另一種「意味」，使之別具風格。

循著題目的意思，把應該提到的訊息，不多不少地放入文章裏面——這是寫小論文的重要技巧之一，一般考生對這一點，似乎知之甚詳。

也許是這個緣故，很多考生反而容易走入歧途。他們往往把書籍、報紙、雜誌、電視、電影……等媒體得來的知識，未加消化就一股腦兒搬出來使用。

有些人，甚至把未徹底了悟的訊息，只用連接詞連接起來，就算大功告成。

不錯，評分者當然想知道考生是否確切掌握訊息，問題是在，那些訊息，通常以「現買現賣」居多。

訊息這個東西，本來就是要在人與人之間傳達的，從這個意義上說，「現買現賣」固無不可，但是，過份「大廉賣」的訊息，就不足以引起評分者的共鳴或新鮮感。

你要知道，評分者擁有的情報，一定數倍於你，這是絕對可以肯定的事實。

我們甚至可以說，他們不但在有關大學或企業的訊息上，有豐富的「存貨」，在政治、經濟、歷史、文化……等等領域內，也擁有相當的知識。

若非如此，他們怎能負起決定年輕考生將來的考試官（評分者）這個任務？

話是這麼說，評分者畢竟也是人，當然無法對包羅萬象的知識，無不精曉。於是，即使你亮出來的並不是什麼「極機密的訊息」，至少也把評分者「可能」不知道的某些訊息，夾在內容裏，就會使評分者產生：「說得也是」的心理，這麼一來，你的小論文就有大受注目的可能。

必須注意的是，使用這個方法時，一定要以「文中隱意」的語氣為之。要是以自炫的語氣，表明「這個訊息，天下之大，獨我所知」，而萬一那個訊息又是評分者瞭然於心的，那麼，引起反感就勢所必然。

假設，題目是「生存的意義」，你在文章裏提到退休的事，寫說：

「retire就是引退的意思，如果，給它加上連字符號，就成為re-tire-換輪胎。也就是說，重新換上輪胎，來個 Go ahead-!退休就變成『人生的再出發』了。……」

如此這般，若無其事地添加一般人不太曉得的訊息，即使評分者是精於英文的人，由於內容的奇趣，與其他考生的小論文截然有別，你就可以拿到比其他考生更好的分數了。

這只是其中的一個例子，只要稍動腦筋，應該想得出更多寫法。

總而言之，在考場才要臨時想出「極機密的訊息」，是辦不到的，所以，平時就得多方吸收各方面的知識，才有可能「信手拈來」。

## 技巧27 平凡無奇的事，只要把視點做一百八十度的轉變，就能脫胎換骨，風格自成。

同一個風景，如果把看的角度做個一百八十度的改變，你會驚異地發現那個風景的外形，完全變成兩樣，給人無比的新奇感。

這種經驗，任何人都有過。

這個道理也可以套用在對事物的看法和想法。

英國劇作家蕭伯納（George Bernard Shaw 一八五六～一九五〇，代表作《人與超人》，一九二五年獲得諾貝爾文學獎），就是擅長改變觀點看事物的作家。

他在世之日，說過不少警告、諷刺兼而有之的名言，使我們這些凡人感到新鮮有趣。

下面是幾個例子：

•「何必爬山？到了山頂，還不是要再走下來？」

•「騎腳踏車的人，自以為腳踏車在載送他，其實，是他自己流著滿身大汗載送腳踏車。」

•「今天可以做的事，拖到明天還不是一樣？」

日本昭和天皇的女兒——清宮，跟九州的望族「島津成久」訂婚的時候，說了一句：

「請看看我選擇的人。」

這句話，在當時的日本，甚至成為「流行語」。從這個例子，也不難看出「改變觀點」的妙用。

在日本，自古以來都是男人選新娘，直到現在，舊習不改。而貴為天皇的女兒，居然把這種根深蒂固的觀念，連根推翻，因此，全日本的人都對她的這句話而鼓掌喝彩。

這種觀點的轉變，在寫小論文的時候，是個值得大加運用的技巧。

某家公司，曾經在考場內懸掛畢卡索（Pablo Ruiz Picasso 一八八一～一九七三，西班牙畫家、雕塑家）的複製畫，當時的小論文題目就是：

「看這一幅畫後敘述感想。」

當時的評分者，事後透露，絕大多數的應試者，都大論特論畢卡索的構圖如何，色彩感覺如何超人一等，也就是說，談的內容，無不侷限於平凡的「畢卡索論」。

只有一篇小論文，使那一位評分者產生莫大的驚奇。寫那篇小論文的人，對畢卡索的畫，一句未提。他注意到的是掛那一幅畫的牆壁。

他說，畫框掛歪了，然後，大論之所以如此的道理。

題目是「看這一幅畫後敘述感想」，所以，大可不必論及畢卡索，而絕大多數的應試者卻大論有關畢卡索的「藝術」，可見他們面對一件事，完全無法在觀點上做個「轉變」。

如果，把畢卡索的畫當做一件「事物」來看，對畫框之何以掛歪，細加觀察而大加論述，說來絕非離題。

那位評分者，在上百的小論文中，只對這一篇的內容，記憶猶新（當然也給了高分），是因為寫的人，能夠轉變觀點，暢論人所未見的道理，使評分者印象強烈，感到新鮮、驚奇的緣故。

## 技巧28 可以舉出數字的地方，一定要寫出來，藉此加強真實性和說服力，但是，必須適可而止。

在「技巧25」裏，我們曾經談到「堆砌一大堆統計數字，會引起評分者的抗拒心理」，在這一項，我們就來談談，如何善用數字就能達到說服的目的。

假設，小論文的題日是「人口的增加與糧食的自給」，而考生把國內和世界的現狀，以及將來應有的對策等等，對全盤性的問題做了一番分析，文筆也理路井然，但是，整篇文章如果沒出現任何數字，評分者就不太可能給以好的分數。

因為出這個題目的用意之一，是在測驗考生對最起碼的統計數字——在這篇文章來說，是有關國內的人口，主要食物的糧食自給率之類的數字——是不是掌握得很正確。

你的小論文如果缺少這方面的反應，評分者很可能就判斷，你這方面的正確知識相當缺乏，只憑「模糊的感覺」寫這篇文章。

另一個問題是，在必須舉出數字的地方，如果無法舉出數字，文字上的表現就不得不變成下面這樣：

「……之類的食物，非常多。」

「……等等糧食的數量並不多。」

「……大致說來……」

以這些方式寫出來的文章，無可置疑的，只能給人捉摸不定的印象。

如果在小論文中，從頭到尾都使出這一招，縱然小論文的總字數並不太多，評分者必定抓不到確切的東西，讀來不昏昏欲睡才怪。

這就像角力時，以躲閃撲空之術決勝負那樣，給人「不紮實」、「不真實」的感覺。

換句話說，這種曖味不清的表現法，令人摸不著考生的意見是什麼，事實又是什麼，因此，無法產生足以說服評分者的「真實意味」。

一位以說服能手見稱的心理學家，曾經說：

「我在演講的時候，一發現聽眾的反應不佳，就搬出統計數字。這麼一來，那些愛聽不聽的人，立刻就態度大變，開始認真地傾聽。」

這就是說，數字有加強真實性的效用。

小論文跟所謂名文的不同處，在於「能夠說服評分者」便已足夠，所以，這位心理學家演講的時候，驅使數字的手法，我們當然也可以如法炮製的。

一般人對數字都有信賴感，評分者也不例外，所以，寫小論文的時候，只要積極地、適可而止地驅使數字，文章的真實性和說服力，就大大地增加。

當然，如果你引用的數字是錯誤的，那就會發生反效果，因此，平時就要把基本性的統計數字（人口、石油消費量、糧食的生產量及自給率等等），正確地記牢。

要做到這個地步並不難，只要平時看報紙的時候，稍微注意一下，自然而然就會烙印腦中。

另外，與你志願的業種或是學校有關的一些數字，事先就做個調查。例如，你報考鐵路局的職業，就該知道每年的乘客總數，貨物運輸量，以及它與其他交通工具的種種比率。

可以舉出數字的地方，都能舉出正確的數字來說明的話，評分者對你就有了「深入問題來申論」的好印象，你的得分當然就差不到哪裏了。

## 技巧29 根據出題趨勢，事先就準備十大類題目的十種話題，臨考才能應付自如。

走出考場的考生，常會發出這樣的牢騷：

「唉，時間太短了，否則我可以寫得更好。」

「那種題目，真叫人無從寫起呀！」

小論文的考試，目的之一就是要看考生如何在有限的時間內，把題目的意思發揮出來。為了測定考生的能力，出題者往往想出一些很難寫的題目，或是故意設下陷阱，使考生掉下去。

為了避免被難住而一籌莫展，考試之前，必須對出題的趨勢，做一個分析研究。

升學考試也好，就業考試也好，小論文題目的範圍，大致不會超出下面十大類：

①有關大學生活、大學教育的題目。
②有關「人生論」的題目。
③與「我」有關的題目。
④有關友情、尊敬之類的題目。
⑤有關國家、社會的題目。
⑥有關政治、經濟的題目，
⑦有關自由、道德的題目。
⑧有關文化、教養的題目。

⑨有關科學的題目。

⑩有關抽象事物的題目。

對這些十大類的題目，你必須每一種都要事先準備一個話題。如此一來，就不至於發生「寫不出來」，或是「時間不夠」的現象。

想想，上戰場而不穿鎧甲，不帶槍、劍，徒手猛衝，豈不等於白白送死？「有備無患」這個格言，並不是只適用於火災、地震、小偷，在小論文的考試上，它照樣可以用上。

根據出題的趨勢，準備十種話題，你就不至於在考場無從落筆，而且，由於有備在先，精神篤實，對應該如何處理主題，自然綽綽有餘，什麼「時間不夠」、「寫不出來」就不再是問題了。

慎重考量，選擇過的「佳菜美肴」，跟應付一時的「速成菜」，味道之好壞，自有霄壤之別的。

不以別人的佐料做「菜」，而是以「自己的感覺、看法」這種你用慣的菜刀做出來的「菜」（小論文），一定很合乎評分者的「口味」——個中道理，不言已明。

## 技巧30　只要對某一個人物的著作、簡歷，有個大致的認識，碰到任何題目都可以廣加應用。

有一個專攻德國文學的大學生，他對歌德（Johan Wolfgang Von Coe the 一七四九～一八三二德國作家，和但丁、莎士比亞並稱「世界三大詩人」），特別有興趣，所以，一天到晚只看歌德的作品。

其他同學，都對現代文學也大下功夫，只有他一路熱衷於歌德，無意在其他作家身上多花時間。

有人問他：

「你怎麼只研究歌德的著作？其他作家的作品也該過目呀。不說別的，只知看歌德的作品，總有一天，你就沒書看了呀？」

他答得妙：

「我覺得只研究他一個人就夠了，在他的作品裏，已經包括了人生的一切，何必再看其他？何況，光是研究他的著作，我就忙不過來了，哪有時間去研究別的作家？」

他的話，老實說，頗有幾分道理。

不只是歌德，其他名震西方的作家，或是英雄、豪傑的一生，的確包括了我們凡人即使誕生二、三次，也無法盡知的眾多經歷。

他們經驗過的種種問題，越是跟他們有密不可分的關係，越能對我們提示人生的真實性。

從這個意義來說，只精研一個人物得來的東西，多於對數個人物做蜻蜓點水式的研究結果。

只要深入研究一個人物的一切，我們就可以從這個人物，接觸到多彩多姿的各種問題和啟示。

作家C先生，以擅長歷史小說聞名。他的作品，不斷出現歷史人物，而且素材之新、之多，簡直叫人嘆為觀止。這是什麼道理？

當他為了寫某一部作品而徹底研究某一個人物，對那些配角自然也有了相當深入的了解。

於是，在他的下一部作品，那個配角就成為主角……。如此這般，第二部作品的配角，又成為第三部作品的主角……。

這麼一來，他手邊的題材就越來越多，以至於無限。而追根究底，這些一連串的作品——副產品，可以說是對原先的第一個人物，下功夫研究的結果。

某一個人物畢生的體驗，的確給了我們對人生的各種問題有所深思的機會。

只要積多了這些體驗，如何寫小論文，就不再是大問題了。

當然，短期內要如此準備周全，談何容易，但是，只要下定決心，費數天功夫去研究某一個人物，像樣的效果，仍然是可以期待的。

在「技巧20」，我們已經說過，寫某一個人物，如果夾進「軼事」，就會使文章顯得更有說服力。

你可以把本項的方法跟「技巧20」混合使用，那就如虎添翼，效果倍增。

總而言之，只要對某一個人物的著作和簡歷，有個大致的認識，碰到任何問題，都可以拿它來應用一番。

例如：

「我尊敬的人物」

「我想成為怎樣的人？」

「我最感動的一本書。」

碰到這一類的題目，你的閱讀體驗就可以發揮威力。

又如：

「我的信條。」

「評論現代。」

這一類乍看似乎與徹底研究某一個人物無關的題目，你也可以一邊引用那個人物的思考方法、生活觀念，一邊申論自己的看法。這樣寫下來的小論文，一定是內容有深度，又能吸引評分者的「佳作」了。

## 技巧31

### 把自己的嗜好和熟知之事，與題目扯上關係，就能寫出別有一番風味的小論文。

如何從主題中尋出獨特的論點，可說是考生施展才能的大好機會。

照說，同樣的題目，就該有各自不同的寫法，每一個人的個性，都會在文章裏頭顯現出來才對。

但是，事實卻不如此。

例如，以時事為主題，叫學生寫一篇報告，交出來的往往都是把報紙、雜誌上的論調，整個搬上來的為多，談不上什麼個人獨特的看法。

要學生寫一般性的報告時，老師限定的期間都相當長，但是，在那種條件下，絕大多數的報告還是寫得奇差。必須在短時間內，以限定的字數寫出來的小論文，內容的大同小異（無何奇特），就更可想像了。

面對大彈陳腔爛調的那些文章，身為評分者都有一股衝勁，那就是：

「唉，只要出現見地稍有不同的文章，我就給他好分數呀！」

話是這麼說，要在小論文中表現出獨特的風味，並不那麼簡單。

以時事問題為例，即使很想從獨特的觀點落筆，如果是這方面的專家，尚有話可說，要是只有膚淺的知識，當然寫不出什麼名堂來。

又，為了吸引評分者的注意，力求搶眼，而寫出自以為是的獨斷的見地，這就造成百害而無一利的結果。

因此，當你面對一個題目，覺得自己那方面的知識，不可能強過其他考生，不妨換個角度，想想你熟知的某些事，能不能跟那個主題扯上關係。

例如，你有某種嗜好，你就想，可不可以把有關那個嗜好的知識，運用到小論文上。

常言說得好，「有了愛好才能做到精巧」。一個人，對自己喜歡或是有興趣的事，即使不刻意下工夫，總是對它有相當廣泛的知識。

比方說，對蒐集機車資料有興趣的小學生，他對全世界機車的種類、性能、製造工廠、歷史……等等知識，無不瞭若指掌，一般大人都要自認不如呢。

如果，你也有這一類的嗜好，哪有不活用的道理？

我們不妨以集郵這個嗜好，談談這個問題。

從各國的郵票，可以了解很多問題。例如，郵票上的人物或是事蹟，都是經過精選的，從中可以推測那個國家的民族性或是政治背景。

你也可以從發行紀念郵票的歷史，尋出當時的世態和社會情況。

從郵票也可以看出經濟的一面。

有些國家，就靠發行紀念郵票做為獲得外匯的主要財源。

又，在舊郵票的拍賣場，高價的郵票，很快就成交，這也可以當做「經濟繁榮」的一種象徵，加以論述。

由此可知，從小小的郵票，就能引出談論的政治問題或是經濟問題的「線索」。

這樣寫下來的小論文，在結論的部分，很可能跟其他考生一樣，陳腐而無創見，但是，並無大礙。

由於你引用的是完全掌握在自己手中，可以任意使用的東西，因此，你所寫的，絕不流於觀念上的皮毛之論，評分者當然感覺得出，你的小論文跟其他考生的作品大異其趣，而留下好印象。

## 技巧32 關於「路」、「海」、「水」之類的題目，可以運用三種秘訣來對付。

日本一家專門出版中國經典的出版社，有一年，招考新編輯，那時候，小論文的考題就是「路」。

有一個應徵者，在答案中，大談日本的公路計畫，特別是對高速公路的計畫，論述甚詳。

那篇文章的理路和內容，都相當充實、豐富，但是，評分者卻毫無猶豫地給他不及格。

這個理由，不言已明。

試想，以那個出版社的經營方針和出書方向，小論文的題目「路」，它企求的當然是要應徵者對孔子所闡揚的治國之道、國家的路向之類「觀念性」的

「路」，做個深入的申論。

那個應徵者，思不及於此，只知對題目做單純的解釋——把它當成一般性的「道路」來申論，這就造成了名落孫山的結果。

假設，他投考的是與道路工程、土木工程有關的公司，以他小論文的內容，無疑地必受很高的評價。

從「路」這個例子當可知道，他如「海」、「水」等等抽象的東西，成為小論文的主題時，給人的感覺是大可一揮而就，實則，真正落筆的時候，你會發覺，並不容易「對付」。

越想考驗應徵者能力如何的公司，越會出這一類抽象而難以發揮的題目。根據評分者長年閱卷的經驗，他們認為應付這些抽象性的題目，可以大別為三種：

①個人式的（經驗的）應付法。

②一般性的應付法。

③觀念性的應付法。

拿剛才說的「路」，套入這三種方法來寫，就變成：

①敘述你每天通學、上班的「路」，是屬於「個人式的應付法」。

②敘述四通八達的公路、省路、縣路的「路」，是屬於「一般性的應付法」。

③敘述人生之路、治國之路等等的「路」，是屬於「觀念性的應付法」。

又，題目若是「水」，根據這個方式，可以分成下面三種：

①敘述每天自己在喝的水（個人式的應付法）。

②敘述雨水、河水（一般性的應付法）。

③敘述變化多端、瞬息萬變（水性）的事物，引申運氣無常的道理（觀念性的應付法）。

問題是在，什麼時候使用哪一種方法。使用得當，小論文的內容，就變得紮實可觀，反之，就有一敗塗地的可能。

最基本而妥善的作法，是對你要考的公司或是學校的條件、特色、業務內容（只限於企業），有個充分的研究，然後，選擇最相稱的應付法。

好比說，你應徵的企業是電機類廠商，小論文的題目是「水」，你就不要談個人式或觀念式的內容（自己每天喝的水，或是水性的事物），只談一般性的內容（從河水提到水與電力的關係）。

在本項目中最先提到的，就是選擇錯誤的例子，應徵者本來是應採取觀念性寫法的，由於失察而運用一般性的方法，才落得榜上無名的結果。

## 技巧33 寫平凡的事，如果刻意強調它的平凡，評分者會毫無抗拒地接受。

某養老院發給職員的「工作要領」中，有一段內容是這麼寫的：

「老人都有同樣的 種傾向，那就是，把昨天說給你聽的話，今天又說給你聽。健忘的程度越厲害，這樣一再說同樣的事的毛病，就變本加厲。

這時候，如果你衝著他們說：

『這個話，昨天我已經聽您說過了。』

他們就為自己的年已老邁而大失自信。

任何人都有想說話，以及把有關自己的事說給別人聽的慾望，這種慾望獲得滿足的時候，才會感到生活有意義，生命有意義。

尤其是老人，這種慾望格外強烈，所以，即使他們對你一再說出同樣的事，都要用第一次聽到那些話的態度，對待他們……。」

這一段話給我們的啟示，相當大。

反過來說，站在聽者的立場而想，不斷地聽了同樣內容的話，就像看自己無處不知的家，早就摸清了對方要說什麼，如果對方還把那種話當做第一次說的那樣，沾沾自喜地說個不停，當然會厭膩無比。

以小論文而言，如果從評分者的立場來看，就知道他們常常會碰到這種情形。

考生自以為是「新鮮透頂」的事，在評分者來說，往往就是「又來這一套了！」的陳腔濫調。

這時候，評分者才不會像養老院「職員工作要領」裡所說的態度來接納那篇小論文。

當然，什麼事才是新鮮，才是平凡，實在難以一概而論，但是，最低的基準之一就是不要濫用諺語或是成語。

假設，小論文的題目是「回顧我的學生生活」，你想用「光陰如箭」這句平凡得不能再平凡的成語，你就該寫：

常言說得好，「光陰如箭」，不知不覺中……。

這就是說，把平凡得不能再平凡的成語，加引號在它的首尾，表示與原來的文章有別。

不管那句成語（或是諺語），在小論文中會不會發生效用，這麼做，評分者至少會在毫無抗拒感的情況下接納它。

用引號，表示它是「成語」，而且上面有一句「常言說得好」，這就把口氣一般化了，造成文章不太僵化的效果。

可是，與大學有關的人熟知的事，或是在業界已是一種常識的素材，你就不必使用引號，也不要使用「常言說得好」，因為，評分者經你這麼一提，往往會想：

「又不是什麼新鮮的事，幹嘛，還用這種方式來強調？」

也就是說，寫到這一類的事，最好避用獨斷的口氣，應該用下列方法強調它的平凡：

「眾所周知……」

「常言說得好……」

「誰都知道……」

「這是婦孺皆知的事……」

強調平凡，評分者就不會為那件平凡的事而興起抗拒感，請把這個事實牢記在心。

## 技巧34

**如果題目是問你：寫的是什麼畢業論文，或是專攻什麼學問，要以「我為什麼選它」作答。**

下面是喜劇裏面常使用的噱頭之一。

一男一女，在咖啡廳相對而坐。

服務生端來咖啡。

男的一邊打開糖壺，一邊問女方：

「妳是多少？」

含羞垂首的小姐，回答了一句：

「二十一。」

剛說完，她就發覺答錯了，不禁滿臉通紅……。

這就是說，女的把「要幾匙糖？」誤以為「多少歲？」目的是在諷刺女性經常掛念自己的歲數，以這種題材，博人一笑。

根據評分者的經驗，他們在看小論文的答案時，常常遇到這一類的事。

在這種噱頭裏，老實說，之所以發生誤會，男方應該也要負起一半責任。

「妳是多少？」這個問話，男方自以為問的是要幾匙糖，絕無他意，但是，對方卻有可能聽成「妳是多少歲？」

這種模稜兩可的題目，在小論文試題中，偶爾會出現。於是，焦急以待題目的考生，就會產生答以「歲數」，而不是答以「幾匙糖」的結果。

例如，「我的父親」這個題目，如果你長篇累牘地寫：

父親是個怎樣的人；

父親幹過什麼；

父親每天在做什麼；

父親的社會背景。

用這種方式寫父親，那就大錯特錯。你該認清楚，這個題目真正的用意是，要你寫「我眼裏的父親」，重點應該放在「我怎麼看他？」

這種對考生來說不怎麼「周到」的題目，偶爾也會出現，所以，務必小心。

在這一點，最容易產生誤會的，是「在大學專攻的學科，以及所寫的畢業論文」之類的題目。

由於問的是你專攻的學問，你想說的話，當然多到五、六百字無法說盡的地步，於是，你就在心裏得意地喊一聲：「好極！」舉筆疾書，恨不得以數千字來描述你一肚子的「學問」。

極端的人，甚至把它寫成學術性的解說，要不就是濫用專門用語，把評分者搞得昏昏欲睡。

尤其是學業成績特優的高材生，最容易犯下這種錯誤，往某個角度來說，這是引你踏入「歧途」的誘惑。

可要知道，這一類題目，應該解釋為問的是下面的事：

①你為什麼選了它？

②得到的知識，如何化為你的血，你的肉？

③今後，如何活用它？

身為考生，不該把這種題目只做表面的解釋，否則，你所申論的內容，就有答非所問的結果。

一般而言，小論文的目的，是在「了解考生的想法，進而了解他的人」，並不在了解第三者的事，或是試探知識之有無。

只要具有這種「常識」，遇到任何題目，你就不至於「表錯了情」，而演出可笑的「喜劇」了。

## 技巧35 與評分者供職的公司、學校有關的題目，要把目標集中於「你（指評分者）的公司」、「你（同上）的大學」。

準備考試時，在翻得幾乎要磨損的英文參考書裏，你一定看過下面的「英文表現技巧」。

譬如，與其說「**I am not mad.**」（我不是瘋子），不如說「**I am not mad any more than you are.**」

這就是說，只用「我不是瘋子」來形容，聽的人頂多只會想：「哦，是嗎？」既不痛，也不癢，毫無說服力。

要是把對方拖進來，說成：

「就像你一樣，我也不是瘋子。」

如此一扯，對方的反應一定是：

「笑話，我怎會是瘋子？」

這麼一來，對方就是「中了你的計」了，所以說，這種表現法優於「我不是瘋子」式的表現法。

其實，這個道理也可以適用於其他的事，並不限於英文的表現技巧。

寫小論文的時候，最該避免的是不要「自鳴得意」。

過慣了學生生活的人，常常寫出書生味極濃的「高邁的見識」，或是「自以為是」的文章，由於你還是學生，這個情況一直被「網開一面」，可是事涉小論文，這種依賴心就得連根拔除。

尤其，依你現在的處境，必須先做到讓評分者肯認真的看你的文章，加果不作此圖，而一意陶醉於個人自鳴得意的論調，及格就成為奢望了。

商業英文在一般人眼裏，是枯躁無味的代表性文章，可是，最近在美國出版的一本《商業英文》，卻創下暢銷的紀錄。

那本書，從頭到尾主張「以對方的立場來寫、來講」，作者稱它為「**You Attitude**」。

由於全部根據「對方的立場」來寫，那本書才成為轟動一時的暢銷書。

有一部舊電影，主角是一個俠客，他經常叼著牙籤，說一句：

「與我無關，不用多說。」

那是他為了避免惹事，極力抑壓自己而說的話。

寫小論文而使評分者發出這樣的嘆語，那就對你大大不利。

為了預防發生這種事，就有必要使看你文章的人（評分者），產生你是在「向他說」、「與他有關」的印象。

為了讓評分者產生這種印象，就得假定有一個「具體的人」在看你的文章。

這個人可以是評分者，也可以是大學或企業裏的某一個大人物。

然後，抱著說服那個人的勁頭，寫你的小論文，自然而然就出現顧及對方立場的口氣。

在美國，如果生病住院，巡迴診察的醫師，向患者問情況時，不會說：

How are you today ?

而是說：

How are we today ?

言外之意是說：

「感到痛苦的不只是你，身為醫師的我，也覺得痛苦呀，沒關係，我們互相加油，早一天把你的病治好吧！」

這種說法，充滿了溫情，使患者心暖而精神大振。寫小論文也要有這種態度。

另外，還有更直截了當的方法，那就是，在文章裏，把對方的公司（或學校）的名稱也寫進去。

但是，以適可而止為宜，如果太過份，反而使評分者生厭，務必謹慎。

這一招，在題目與該大學（或是企業）有直接關係之時，運用起來最能得手。當然，即使沒有直接關係，只要善用腦筋，也可以靈活使用的。

好比說，題目是：

「給本行總裁的信」或是「公司與我」，那就可以盡量使用這個技巧了。

「給本行總裁的信」這個題目，你就可以引用那位總裁曾經向傳播界發表的話，寫說：

「正如〇〇總裁說過的，地方銀行的將來……」

如此若無其事的一提，評分者就不得不用心看你的文章了。

又如，遇到「公司與我」這種題目，你可以寫說：

「對目前的我而言，要談公司，除非把〇〇公司（指你應徵的公司）和我連在一起，就無法寫下去。

所以，我斗膽把題目改為『〇〇公司與我』，根據這個重點，敘述我的看法……。」

如此一轉，這篇文章就遠比把公司當做一般的公司來敘述，更能引起評分者的注目了。

使用這個技巧的時候，必須注意的是，由於強調的是「與對方有關的事」，稍一不慎，就弄巧成拙，招來反效果。

例如：

①引用該銀行總裁的話，卻把那句話引用錯了。

②把A公司說成B公司，把人名——應該是K先生，卻說成Y先生。

這都是絕不能原諒的錯誤，因為一犯這種錯誤，你就註定名落孫山。

## 技巧36 文中夾進「疑問式」的句子，就能喚起評分者的注意力，而有利於得高分的局面。

在「技巧9」我們曾經談過，如果文章的開頭，從「對主題的發問」落筆，就會顯出新鮮感，使評分者興致大起。

這種疑問式的效用，在正文中也可以活用自如。

一般人寫文章，最容易犯的毛病，是由於對方不在眼前，因此，常常愛說什麼就說什麼，流於「單向直行」的局面。

這個弊害，可以靠夾入的疑問式文句，把它一掃而光。

寫文章的時候，眼前並沒有你的對象，但是，你必須當做有人在你眼前，聽你說話，所以，邊寫邊考慮對方的反應而寫的工夫，務必具備才是。

文中不時夾入疑問式，看的人就不得不跟著你去思考，而當你說出結論時，對方就有「一起想出來」的感覺，自然而然就被你說服了。

某位名記者曾經如是說：

「我寫報導的時候，事先就把有關主題的問題，分門別類的列出來，將它們的順序排定之後，就用一問一答的形式寫出來。」

假設題目是「日記」，你寫說，從過去的日記，可以窺知自己的種種紀錄——你一直順著這個路線寫下去，這時候，趁著看的人還沒對你的文脈生厭，你就該夾進下列的疑問式文章。

「可是，日記難道只有紀錄事實的功能？除此之外，毫無意義可言？」

「如果，日記裏的某幾頁是空白的，是不是表示那一天，或是那段期間，沒發生過什麼值得記下的事？」

「日記裏寫出來的，真的是自己當時的由衷之言嗎？」

如此一來，看的人就會產生新的興趣，或者你的話正好說中了他也懷有的疑問，自然而然受你「發問」的影響，急著看下文了。

# 第三章　文章組織法

## ——怎麼寫評分者才認為你的腦筋不差？

## 技巧37　有技巧地使用連接詞，文章就顯得起承有序，轉結有致。

自古以來，名作家一致指出如果要寫論旨一貫的文章，最好採用「演繹法」、「歸納法」、「起始、中間、末尾之得當」、「起承有序，轉結有致」等等的手法。

什麼叫做演繹法？

演繹法就是先展開概括性的理論，然後，逐次進入具體的部分。

歸納法則與此相反，先舉出具體性的事，一一檢討之後，才引出一般性的主張或結論。

「起始、中間、末尾之得當」（又稱序、破、急）是說，先有導入（序），接著展開論點（破），最後提示結論（急）的手法。

「起、承、轉、結」是文章構成法之中，最自然的方式，它是把全文分成四個階段，那就是：

①起：提示。

②承：說明。

③轉：轉調。

④結：結論。

下面就是「起、承、轉、結」的例子。

‧台北商店街牛排店的女兒（起）。

‧姊姊芳齡十六，妹妹芳齡十四（承）。

‧諸侯以弓箭殺人（轉）。

‧牛排店的女兒以明眸殺人（結）。

提到文章的組織，這個「起、承、轉、結」的手法，如今已成為世界通用的原理。

它是源自於漢詩。

唐朝詩人王維的詩——「送元二使安西」就是把「起、承、轉、結」用得甚妙的好例子。

・渭城朝雨浥輕塵（起）。
・客舍青青柳色新（承）。
・勸君更盡一杯酒（轉）。
・西出陽關無故人（結）。

如果，你也學這個手法，在起、承、轉、結的四個階段，展開你的論點，評分者一定會被你的小論文吸引到底的。

話是這麼說，要寫出起、承、轉、結井然有序的文章，必須具備熟練的文章技巧。

進了考場，才在嘴裏猛唸「起承轉結，起承轉結……」，並不管用，這麼說，這個方法是不是對「實際作戰」一無用處？

答案是「絕不」。

你要先了解，它的特點在於分成四個階段，所以，務必把小論文劃成四個部分來寫。

每一個部分，即使在邏輯上沒什麼聯結，只要把連接詞使用得當，就可以使它看來聯結得相當緊密。

好比說，第一個部分和第二個部分，可以用「之所以如此」來聯結。第二個部分和第三個部分，可以用「因此」來聯結一氣。第三個部分和第四個部分，可以用「總而言之」來聯結。只要這麼連接，即使每一部分各自獨立，看來就像「起承有序，轉結有致」的文章，說來，真是妙極。

## 技巧38 把寫小論文當做正在回答面試的問題，你就文思泉湧，論點的組織也輕易可成。

在前面一再說過，寫小論文的目的，一言以蔽之，除了「說服」評分者之外，別無其他。

可是，很多考生只知把注意力集中在「趕快寫」，卻忘了代表大學或企業，握有生殺大權的評分者的立場。這是最糟糕透頂的事。

你寫的小論文，如果無法讓評分者了解你訴求的是什麼，或是所寫都是離題的廢話，你說，還有什麼拿高分的希望？不給你打個「不及格」，已經是不幸中的大幸了。

一位有經驗的評分者，曾經做過這樣的調查：透過面試，探查考生為什麼會寫出這樣支離破碎，理路不清的文章？

下面是他調查過的一個個案。

他向考生提出「我的職業觀」這個問題。他要求考生用「列舉」的方式回答。

考生的回答如下：

「我的父親已經在銀行界服務了二十五年，所以，自小我就想做個銀行職員。」

「只要能夠發揮自己的才能，那種職業就是最理想的職業。」

「加今，藍領階級、白領階級的區別，已經成為毫無意義的事……」

就這樣，考生從主題引出來的聯想，大有「一發不可收拾」之勢，令人幾疑為是換了一個人。

評分者就問：

「說得很好，那麼，請問你如何把剛才說的話，有條有理地組織成一篇文章？」

經此一問，那個考生一反適才的「饒舌」，突然無詞以應。

由這個例子，不難明白，大部分考生只知做自以為是的「聯想遊戲」。因此，即使設法把那些片斷，換個次序，聯結成文，也無法使整篇文章論點一致。

當他瞪著稿紙，絞盡腦汁的時候，有限的時間，倏然之間就消失了。

如何消除這種缺點？

秘訣當然有，那就是：

「為了避免自以為是的毛病，務必假設有個面試官跟你對坐，而由你扮演一問一答的兩種角色。」

此話怎講？

因為只要站在面試官的立場，透過種種質問，那個大學或是企業想向你探知的事，就會一一跑出來。

如此集中焦點之後，你就以被面試的立場，一一回答那些問題即可。而你所回答的內容，就成為你所寫出來的材料。

我們就假定有個面試官，昂然出現在你眼前。他會接連向你發出一連串像下面的問題。

「你為什麼選擇本公司來投考？」

「如果你進入本公司，希望幹哪一類的工作？」

「激進職員──這個名詞，你如何解釋？」

「你認為工作與家庭可不可以兩立？」

這些問題，都是事先可以預想到的。對這些問題，你如何作答？

「我認為貴公司是高度經濟成長時候的原動力，這一點，深深地吸引了我。」

「我覺得貴公司太偏重於技術人才，應該把營業方面的人才，吸收得更多一點，保持雙方面的平衡。」

「一般無能的職員，由於晉升無望，以嫉妒的心理對待幹才，猛烈職員的名稱就是這樣產生的。」

「對工作無法傾力以赴的人，哪有資格談什麼家庭？」

這麼一來，答案不是很暢順地源源而出嗎？

把自己當做發問者，然後，又由自己一一回答。將這些一問一答的內容重點，先記在草稿用紙上。

對這些內容重新瞄一眼，你就知道，你想要寫的是什麼，而那些正是對方透過題目，想向你探問的事情。

你就根據這份草稿，把論點組織起來，就是一篇「正中要點」、「言之有物」的小論文了。

它的另一個好處，是整篇文章會產生跟對方「聊談」的味道，你的說服力就有了如虎添翼的效能。

## 技巧39 善用「邏輯性的連接詞」，理論就不會雜亂無章。

「聽說這年頭的貓兒，再也不抓老鼠了。家庭裏給牠吃的東西，或是垃圾堆裏的剩菜，都含有豐富的蛋白質。經濟繁榮的生活，使那些貓都成為懶於盡責任的動物。」

看這一段文章後，你有什麼感想？

文意不至於令人搞不懂，但是，總覺得似乎缺少了什麼，難以消除「欠邏輯」的感覺。

碰到此類文章，相信身為評分者，一定不會給它及格的分數，因為，小論文注重的是理路分明，句與句之間的因果關係，必須很明確，這是最起碼的條件。

為了達到這個目標，你必須經常把「因為」、「所以」之類的邏輯性連接詞放在腦裏，用它們來連接每一個句子。

要是使用這種技巧，起首的一段文章就該成為：

「這些年頭的貓，據說，再也不抓老鼠了，因為家庭裏給牠吃的東西，或是垃圾堆裏的剩菜，都含有豐富的蛋白質。經濟繁榮的生活，使那些貓都成為懶於盡責的動物，這就是它的原因所在。」

只添加了「因為」，「原因所在」（「所以」之意），句子與句子之間的因果關係，就變得異常明確。

如果把議會中的演說，以速記的方式記下來，拿給第三者看，往往會發現，論點不一，理路不清。可是，當場聽那個人演講，卻沒有這種感覺。這是因為演講者在演講的時候，常常以種種姿態，或是語調的變化，彌補了各句子之間欠缺邏輯性的地方。

寫文章的時候，當然無法使「姿態」和「語調」出現，但是，卻可以使用「所以」、「因為」之類邏輯性的連接詞，使之發生等於演講時候的「姿態」、「語調」等變化。

即使不直接使用這種「邏輯性的連接詞」，只要腦裏在想它，你也可以使論點趨於一致，使連接的關係，變得很明確。

顯出文句與文句之間「邏輯關係」的連接詞，可以分成七大類。下面就把主要的整理出來，僅供參考。

**①平列式連接詞**

連接兩個或兩個以上的平列的詞語或句。

例如：以及、並且、甚至、乃至、不但、而且、何況、已經、亦、又、和、與等等。

**②選擇式連接詞**

（用來連接兩個以上有相承關係的詞、語、句，而必須加以選擇的詞）。

例如：還是……還是……，不是……就是……，或者……或者……等等。

**③承遞式連接詞**

（用來表示上下句互相遞接承進的）。

例如：於是、然後、至於等等。

④**轉折式連接詞**

（用來連接兩個以上意義相反的詞、語或句）。

例如：然而、但是、只是、反而、雖然……可是……等等。

⑤**因果式連接詞**

（用來連接兩個以上有因果關係的詞、語、句）。

例如：因為……所以。

⑥**比較式連接詞**

（用來連接兩個以上有比較性的詞、語、句）。

例如：好比、有如、無異、不如、與其……不如……等等。

⑦**假設式連接詞**

（用來連接兩個以上的詞、語、句，表示虛擬、推想或是假定）。

例加：倘若、如果、若是、假使等等。

# 技巧40

## 「那麼」、「且說」、「無論如何」之類的詞語，容易使評分者思路停頓，還是少用為妙。

不少考生在短短的小論文中，常常一連寫出「那麼」、「無論如何」之類的詞語。

也許，他們的用意是在藉此彌補邏輯上的破綻，可要知道，精於閱卷的評分者，才不會看漏這種「小技巧」。

經驗老道的評分者，看到這種用詞方式，八成都會扣分數，因為這些用詞表示「使前面的文章中斷」。

寫小論文，應該在限定的字數內，把自己想說的話扼要地整理出來，這才是重點。如今，動不動就使用「那麼」、「且說」、「無論如何」之類的詞語，等於在自白，你是從「與主題無關的事」寫起。

這些詞語，不但使你的文章發生中斷作用，也會使評分者的思考為之中斷，這可是絕對要避免的。

假設，有人邀你一起去釣魚。

對方列舉一火車的「釣魚妙處」，但是，你還是興味索然。對方看出此計不通，於是，不再說那些「歪理」，改為硬拉猛拖的方式，說了一聲：

「無論如何，你一定要跟我去。」

這句「無論如何」，等於一言否定了他原先列舉的眾多「理由」，你呢，滿腦子發霧，到頭來，由於心裏不服，你還是拒絕同行，丟給他一句：

「無論如何，你就饒了我這一次吧！」

面對類似情況的評分者，當然也會滿臉發霧，心裏會自語：

「這種小論文，無論如何，我就是看不下去，你還是饒了我吧！」

他會急急地翻看下面另一個考生的答案，才不會在你的小論文上，多做逗留。

這種詞語，無以名之，只能稱為「思考停止語」了。

除了前面說的詞語，類似的「思考停止語」，還有下面幾種：

- 反正、姑且不論、暫且不談……。

另一種使評分者啼笑皆非的「思考停止語」是：「閒話少說」、「言歸正傳」。

評分者必須看數百張小論文，你卻說了一大堆「閒話」，還幽他一默，說什麼「閒話少說」、「言歸正傳」，他不吹鬍子瞪眼，那才怪呢。

「下面的話，有些離開正題，但是……」

這一類的用詞，也令人不敢恭維，既然離開正題，何必寫出來？評分者會這麼想，同時，馬上失去看下去的興趣。

數萬字的大論文，偶爾採用這一招，倒有轉換評分者情緒的作用，但是，在小論文而言，這是「不用為妙」的招數。

因為這跟「閒話少說」一樣，評分者才沒有那種閒工夫去看「離開正題」的文章。

這些「思考停止語」，通常都在每個段落的開始部分冒出來，也就特別會引起評分者的注意，所以，每一句的開頭用語，務必慎重選擇。

## 技巧41 寫出經驗談而從中引出「抽象的原則」，那篇小論文就顯得很有深度。

在前面的好幾個項目中，曾經一再提過，利用具體的經驗談，或是夾入某些軼事，可以使小論文顯得處處有生機。

為了避免所寫是東西流於空洞，插入某些具體的故事，是小論文的重要技巧之一，但是，為了不使讀者有所誤解，在此特別要強調：

「小論文絕不是一般的作文，或是感想。」

光是堆砌經驗之談或是感想，並不能稱為小論文。對這一點不盡了解的考生，為數頗多。

好比說，你在火車站等人，看到月台上乘客的情況，而寫下你所看見的。

「月台上，擠了一大堆乘客。

不久，駛進一列火車，這一班火車，原就擠滿了人，所以，上車的乘客無不拼命推擠，費了半天工夫，火車才開走。

不一會，又有一列火車開到，這一次，與前一列相比，幾乎有天壤之別。車廂內的乘客稀稀落落地，上車的人也不多。

接著，又駛來另一班火車，這一次也是乘客寥寥。隔了幾分鐘又駛入月台的另一班火車。這次，車廂內的人，滿山滿谷，人都快擠扁了……。」

光是寫這種內容的文章，只能說是拙劣到家的「作文」了，相信誰看了都覺得沒什麼深刻的感受。

可是，就有人看了乘客時多時少的情況（乘客率不一）後，想到：這裏面一定有什麼法則存在。

他從目擊的情況寫起，然後，寫到「幾率」的問題，使他的一篇小論文成為獨特的作品。

我們必須注意到的是，當他走筆之時，並不把乘客當做各具個性的人，也不申論乘客何以寧願擠車的道理，而是把乘客當做「一定時間內，可能聚集的統計上因數之一」，也就是說，把它定位於非常抽象化的形態。

也許，有人會說，這有什麼稀奇？既然要論數學，理該如此吧？

其實，不只是數學，要思考任何一件事，如果只知拘泥於具體的各個事實，你就寸步難行。

換言之，從具體的事實，引出「抽象的原則」，才有可能做邏輯性的思考。

只停頓在具體的事實，你就無法引出「抽象的原則」，那種文章，充其量只不過是缺少深度的泛泛之論。

你的文章，如要脫離一般性的作文、感想的領域，那就非從經驗之談引出「抽象的原則」不可。

假設，題目是「男人本色」，你寫說，有一次，登山遇難，由於某個朋友冷靜、沈著的行動而化險為夷。當你寫完這個經驗之後，若能補一句：

「所謂男人本色，是指遇事不亂而言。」

你這篇文章就算有了小論文的「形式」了。因為，原是有關某個朋友個人的故事，在此一變為「男子氣概」這種更具抽象化的內容。

所謂歸納得當的小論文就是說，由具體而抽象、由抽象而具體，巧妙地把具體和抽象的內容混在一起。

而由具體到抽象的橋樑，便是指引出「抽象性原則」的作業而言。

## 技巧42 說明「眾所周知之事」，如果敘述簡要，論點就顯得很紮實。

寫小論文的時候，必須以題目所含有的主題來論證你的主張，因此，就有必要舉出實例。

例如，題目若是「現代社會」，你可以舉出搖滾樂的復活，敘述社會背景的一斑；題目若是「資源」，你可以舉出石油衝擊的例子等等……。

舉出實例來說明自己的主張時，很多考生都犯了一種毛病：在無須說明的事情上面，大費筆墨。

以前面說的「資源」這個題目來說，你如果用石油衝擊的話題，而且以它為核心，展開你的論點。這時候，你得隨著需要說出「它在資源問題上具有的象徵性意義」，以及「它在怎樣的世界情勢之下發生」。

但是，同樣是以「資源」為主題的題目，在申論時也可以從「石油衝擊之後的我國……」這種角度入手。

也就是說，除去對「石油衝擊」的說明，照樣能夠展開你的理論。

不少小論文，似乎忘了這種主題和實例的關聯，只知對實例做冗長的說明。

有時候，出題者會拿最近發生的事件做為題目。假設，題目是：「我對洛克西德公司賄賂事件的看法」，由於這是眾所周知的事，無須對事件本身做冗長的說明（一筆帶過就好），應該把論點集中在「我的看法」即可。

當然，如果對這個事件的來龍去脈，瞭若指掌，你就心癢難忍，恨不得把知道的事一股腦兒寫出來。

可要知道，小論文也是論文的一種，光是堆砌事實，內容就顯得貧乏至極。

以洛克西德公司賄賂事件來說，評分者想知道的是，考生從眾多事實中，選出了哪些例子，以及對這個事件有什麼獨特的看法（論證）。

如果滿足了評分者這方面的要求，那才是有價值的論文。

有些考生，對實例做冗長的說明，目的是在「充字數」（否則沒東西可寫），說來，這是一種「消極戰術」。

小論文所限定的字數，有時候，在談論一個主題時，會顯得字數不夠，但是，某些出人意料的題目，倒也會使考生覺得「湊不出字數」來。

碰到這種情況，你就要活用本書提到的各種技巧，闖過難關。

總而言之，說明眾所周知的事實，或是與論點毫無關聯的事，當以簡明扼要為宜，唯其如此，論點才顯得紮實，成為一篇像樣的小論文。

## 技巧43 在腦裏假設有一個與己見對立的人，如此情況下，寫出的小論文，會顯得論點有據，說服力甚強。

以訴訟事件為主題的電影或是電視連續劇，常常出現檢察官和律師針鋒相對的鏡頭。為了證明各自的主張正確無誤，他們不斷地展開虛虛實實的辯論。

莎士比亞的劇作《威尼斯商人》，以及審判納粹黨戰犯為主題的電影「紐倫堡審判」，都是這方面的傑作。

此類法庭劇之所以引人入勝，端在出人不意。

把對方的論證，從觀眾想都沒想到的角度，大事反駁，並且連根推翻——它的妙處就在這裏。

也就是說，彼此竭盡智慮，找出對方的弱點、盲點，展開自己的論證，打算一舉推倒對方。

雙方的目的都在說服法官和陪審員，因此，不得不絞盡腦汁，全力辯解。

這種論辯的展開方式，在寫小論文的時候，大有參考的價值。

小論文的特點之一，是在有限的字數中，闡述自己的主張。

要把自己的主張說得評分者也不得不「心服」，就有必要反駁與自己的主張對立的意見。

這就是說，考生必須站在檢察官或是律師的立場，處理事件（主題）。

使用這種方式，就能靠反證來證明己見之「正確」，那麼，你的小論文在效果上來說，就顯得抑揚有致，可以深深打動評分者的心。

寫任何文章之後，從頭再看時，往往會發覺過分獨斷，除非大事修改，實在拿不出去。

要是腦裏常有「對立的意見」，走筆之時，就不至於失去平衡，由於能夠掌握主要的論點，就不至於寫完之後，為大事修改而傷腦筋。

## 技巧44 在一張稿紙上，把主題至少提三次以上，會使評分者產生「論點一致」的印象。

日本文豪夏目漱石的名作《我是貓》，是一本很有吸引力的書。故事的情節，不斷地離開本題，卻從中產生奇妙的魅力，使讀者不得不一口氣看完。

他說的故事，又不像故事，有時候，大事賣弄學問，有時候，胡吹一通，但是，讀者卻給吸引得無法擱下不看。這種名人手腕，實在令人嘆服。

寫這種沒有一貫性的故事，甚至可以說是由一連串「閒話」構成的小說，如非技達爐火純青之境，殊難辦到。使沒有一貫性的故事帶來一貫性，這就是他技藝高竿的地方。

可要知道，唯有文筆高手才能寫出「閒話」調的文章，又能引人入勝，要是換了我們門外漢，也妄彈此調，那就「慘不忍睹」了。

尤其是以理論為旨的小論文，如果缺乏這種高超技巧，「閒話」是懸為禁忌的。

不過，我們可以從夏目漱石的「貓」，學到一種技巧。

他這一部小說，雖然用「閒話」方式寫出來，卻也設下一種「機關」。

故事本身雖然散漫無比，他卻不時抬出「貓」，使之發生剎車作用。

不管說到哪一類的「閒話」，由於「貓」都在場，整篇小說就有了一貫性。

也就是說，這一部小說之所以成功，原因是在他創造了這個滑稽的角色——貓。

這個道理也可以套用於「如何使小論文有一貫性的論點」。說句極端的話，考生的目的是，只要讓評分者覺得「這篇文章的論點，前後一致」那就夠了。

為了表示你一直沒有離開本題，必須把與主題有關，或是主題本身的話，不時抬出來。就像前面說過的「貓」，不時出現在「與牠無關」的故事那樣。

我們假設小論文的題目是「日記」。

這時候，也許你會寫出與日記沒有直接關係的事，就像下面的例子：

「說到國文，我最感到棘手的是作文……。」

「由於參加籃球隊的訓練，每天，回家的時間都變得很晚……。」

可是，主題是「日記」，不管怎麼寫，必須以「日記」為中心。如今，文章的一大半，都扯到上國文課被老師提醒過，或是練習籃球有多辛苦之類的事，這篇小論文就顯得缺乏一貫性，難免給人支離破碎的感覺。

寫到自己身邊的事，我們就容易離開本題，內容也左右不定，有時候，也會冒出「脫軌」得很厲害的現象。

為了避免給評分者「沒有一貫性」的印象，務必牢記：在一張稿紙內，平均至少要抬出「日記」這個字眼三次。

如此一來，即使你寫了一大堆風馬牛不相干的事，由於「日記」二字的出現，大致會使評分者產生「一貫性」的印象。

對快讀、跳讀見稱的評分者，使出這一招，尤其管用。

別誤以為這是一種「欺騙」的手法——這是必須強調的一點。

因為只要你時時留意：「使主題語至少出現三次」，寫出來的文章，自然而然就有了一貫性，不全於形式上聊備一格而已。

## 技巧45 小論文的「結論」，要下得有力，即使稍微大膽也無妨。

結論的部分，散漫而無焦點，給人模糊不清的印象——寫小論文而如此，可說是一大敗筆。

好的結論，應該強而有力，再不就是餘韻裊裊，令人印象至深。

拙劣的「結論」，可以大別為下列三種。

**①虛應故事型：**

隨便搬個結論，敷衍了事。給人胡亂加上一個理由的印象，而這個理由往往也說得不明不白，令人莫名其妙。

**②虎頭蛇尾型：**

例如，開頭的口氣，莊重而若有其事，說什麼：「蓋人類為萬物之靈……」，一到結束，卻來一句：「所以，在馬路上，行人必須走人行道。」首尾不但未能呼應，口氣之相差不能以道里計。

**③怪兵忽現型：**

原是說得頭頭是道，論點也不差，可是，一到最後的緊要關頭，突然冒出「怪兵」，搞得前功盡棄。

下面就是兩個例子。

- 「……如上說述，○○之道絕不可行。當然，堅持反對意見者，亦不乏人。」
- 「我這些主張，不一定令人首肯，因為換個角度來看，必定異論層出。」

寫出第三種結論的人，以腦筋拔尖者居多，這是由於他們過分要求「周密」的心理使然。

到了結論部分，才使出這個怪招，會造成下列的弊害：

①前面的內容寫得再精彩，也會給評分者「白白糟蹋」的印象。

②結論會顯得無力。

③整篇論文的說服力，一下子會降到零。

每一位小論文的評分者都要看數百張答案，那種辛勞，可想而知，所以，文章的開頭和結尾，落筆時務必格外小心。

美國雄辯家巴特里克·亨利，在某次演講的時候，以下面的話做結語：

「給我自由，如其不然，給我死亡！」

英國浪漫派詩人雪萊，在他的一首長詩裏，以下面的話做結語：

「冬天到了，

春天難道還會遠嗎？」

他們的演說和長詩的其他部分，也許，都被世人遺忘，但是，最後的一句話——充滿熱情和力量的結語，至今，猶能感動人心，長留人間，稱它們為結語的優異範例，亦不為過。

## 技巧46

**費很多字數才能說清某一件事的時候，如果引用諺語或是金言，文章就顯得簡潔有力，印象也特別深。**

數年前，日本某國會議員，入閣成為大臣，他老兄就憑著大權在握，下令特快車必須在他故鄉的小火車站停車。

這件事惹得輿論譁然，那位仁兄因而丟了大臣的寶座。當時的首相，在記者會上，批評那位仁兄，說了一句：

「他呀，就是『老馬不死，本性難移』！」

首相這句評語，由於形容得當，立刻成為眾人傳說的有趣話題。

與其絮絮叨叨地辯護，或是舉出那個議員的長、短處來逃避責任，不如引用一句諺語，把這件窩囊事化為有趣的話題。寥寥八個字的諺語，卻表達了甚多意義，可真是運用得妙極。

寫小論文也可以運用這種技巧。尤其，說明起來很麻煩的事，如果使用情況吻合的諺語、名言來表達，就有事半功倍之效。

當我們要說明一件難以表達的事，容易陷入語詞單調或煩雜的毛病，為了避開它，大夥就下意識地軀使難懂的言詞，或賣弄拙劣的技巧，老實說，這些方法只會招來反效果，同時，也使說服力銳減。

這時候，如果及時插入吻合情況的諺語或名言，文章就顯得簡潔，比大費筆墨的說法，更能留下強烈的印象給評分者。

諺語是一個民族數千年來的智慧凝聚而成的，每一句諺語，都對某一件事有莫大的啟示（或教訓），它是超越時空的東西，所以，只要跟你想表現的情況有所吻合，就可以搬出來運用。

由於它是民族智慧的凝聚物，使用得當，則可以發揮正確、簡潔、有說服力的神威。

不過，諺語、名言之使用，也得適可而止，如果到處使用，反而被誤為知識的廉賣，甚至被認為自我表現的能力，極端缺乏。

又，引用的名言、諺語，如果陳腐不堪，效果就大打折扣，所以，務必記住，只在遇到說明費力的事，或是說明起來生怕過於冗長的時候，才「順水推舟」地搬出來。

例如，題目是「我尊敬的朋友」，你要舉出那個朋友的勤勉、誠直、勇毅等等值得尊敬的一面，說來，輕而易為，要是你尊敬的這位朋友，只有一種你難以忍受的缺點，你將如何表現？

假設，他的缺點在酒癖，如果你把喝酒後有什麼毛病，為酒發生過什麼失敗，給他的家人什麼影響等等的事，絮絮叨叨的說明，評分者對這篇文章的印象，絕不會強烈。

何況，主題是「我尊敬的朋友」，把那個朋友的缺點寫得太詳細，便是有違題旨，考慮這，考慮那，你就覺得實在難以表達。

這時候，如果換個角度，寫成：

「我的朋友，有時候就像個『畫龍而不點睛』的人……。」

這麼一寫，那個朋友唯一的大缺點，就這樣簡潔地一筆帶過，這種表現法絕不損於你所描寫過的他的其他優點，不僅此也，經你這麼一點，那位朋友就顯得更有真實性了。

此類諺語、名言的引述，在歐美諸國，尤為政治家、外交家所善用。他們經常在演說中，把大文豪、名詩人的名言，適當引用，使內容顯得感人至深。嚴格地說，這也算是「藝術」呢。

小論文的字數有限，所以，善用諺語、名言，就成為使之搶眼的重要技巧之一。為了臨場運用時能夠信手拈來，平時就要把一些主要的諺語、名言，好好掌握，這是不言已明的事。

## 技巧47 舉出實例，至少要三種以上，評分者才會覺得你的腦筋不差。

為了增加小論文的說服力，考生最常用的方法是：舉出實例來說明。但是，絕大部分的考生，也許是不習慣這個方法，很難達到預期的效果。原因當然不只一端，其中最主要的原因，是只舉出一個實例，然後把它當做「代表一切」，而勉強下結論。

這種作法，使文章沒有深度，說不定還會給評分者「牽強附會」的印象。

另一個常見的毛病是，舉出數種類似的實例，使人看其一就不想再看其二。

好比說，題目是：「我的電視觀」，舉出的三個實例是：

・「彩色電視的普及率已經達到百分之百，一家有兩台的也日漸增多。」

・「電視劇如果發行單行本，銷路就大好。編成電視劇的小說，銷售量也比較持久。」

・「很多人都覺得，不看電視，心情就無法安寧。」

上面所舉的三個實例，由於內容相似，讀來一點新鮮感（意外感）也沒有。這種舉例的方式，無異是向評分者說：

「我只會舉出這種相似的實例，因為，我的腦筋太笨，想不出更奇特的東西。」

你說，這種小論文會得到高分嗎？

如果，你想論述「好多人在精神上、物質上都受電視控制」，至少也得從全然不同的角度，舉出實例，否則評分者豈肯心服？

舉出內容大異的實例，然後，從中引出「共同的法則」，唯其如此，在結構上，文章才會產生「立體感」。

這麼一來，評分者對你見識之廣，觀察之敏銳，理論之紮實，一定給予很高的評價。

要讓評分者覺得你的腦筋高人一等，就得舉出三種內容相異的實例，然後，從中引出某種道理。這叫做「集聚法」，是古典式修辭學的一種應用方式。

當然，針對某一個主題，要找出它內容相異的共同原理，說來容易，做來實在不易。

所以，如果沒有自信，這個技巧只能在寫與自己有關，或是大有發揮餘地的題目時，才可以一用。（例如，「我的人生觀」、「我的現代觀」、「給現代社會的評言」等等）。

## 技巧48 你想主張的事一定有對立的另一種論調，對這有個認識，就不會寫出感情用事的文章。

「在任何地方，女性都比男性要吃虧。

工作量明明跟男性相同，待遇卻比男性差一截。在我看來，女性的工作表現，反而比男性要好。

女性除了本份的工作，有時候，還得受命做些瑣瑣碎碎的事，搞得我們分身乏術。這種不平等的待遇，豈能容許？」

寫這篇小論文的人是女性：題目是「女性與職業」。

一看就知道，她極力訴求的是女性比男性吃虧，女性受到不公平的待遇。

這種文章，「感情用事」的成份甚濃，也給人缺乏邏輯性說服力的印象。

這個題目是某公司招考新人（大學畢業生）時出的，投考者都沒有就業經驗，因此，寫來難免失之「理想」，但是，她該懂得落筆之時，感情要略加抑制，對某些社會公認的事，事先也該有個認識。

譬如，一般人對女性有下面的批評：

①女性一旦結了婚就離職居多，所以，無法派給她負有重任的職位。

②女性在工作上很容易帶進私人感情。

這篇小論文的作者，對這些批評有何感想？如何應付？文中並沒有一言半句的描述。

論「女性與職業」，而不涉及這些最起碼的事，你說，評分者哪能認為她的文章有深度？

這個道理就跟欣賞電影時，只管主角是不是自己的偶像，不管內容的好壞一樣。

好比說，不少女性，只要是布萊德・彼特（**Brad Pitt**）的電影，就成群結隊地去觀賞。她們只為了喜歡布萊德・彼特而去看他主演的電影（也就是說，感情為先），即使影評家認為內容不佳，由於「私人感情」之故，她們看後總認為「情節奇巧」、「演技入木三分」、「令人感動」。

看電影是一種娛樂，人各有觀點也無所損失，所以，感情為先固無不可，但是，事涉及格與否就足以左右人生路程的小論文測驗，則不能如此等閒視之。

當然，自己的感情是值得珍惜的，何況，有時候想抑制也抑制不了，如果硬加抑制，往往帶來反效果。

話是這麼說，這並不表示愛情可以任其顯露。

要知道，任何主張必有與之對立的意見，因此，落筆之前，必須先想像「與自己的主張對立的意見」到底是什麼。

你要考慮到，那個對立的意見，說不定也有一番道理在，如此檢討之後，才對自己就要展開的主張，來個推敲、錘鍊。

拿前面「女性與職業」那個題目來說，考生必須先把社會對女性最常見的評語——「暫時就業」、「感情用事」、「責任感很淡」等等——有個認識，然後，站在這些認識上去疾呼「不該對女性不公平」，那麼，這篇小論文就不再是「意氣（感情）用事」，「缺乏邏輯」等缺點格外醒目的文章了。

## 技巧49

## 「顯然」、「無疑的」等等太肯定的用詞，反而降低了說服力。

某文學家曾經在雜誌上寫說：

「世界最偉大的劇作家莎士比亞……」

有個讀者看了之後，立刻寫信反駁他說：

「您稱莎士比亞為世界最偉大的劇作家，不無商榷之餘地。

請問，如果法國人看到這篇文章，將有何感受？他們把莫里哀（Moliere 一六二二〜一六七三，法國喜劇作家，本名Jean Baptiste Poquelin，代表作有「裝腔作勢（Precieuses ridicules，一六五九）、「憤世者（Misan, Thrope Ou L'Atrabilare amoureuy，一六六六）」、「守財奴（L'Avare，一六六八）」等）當做絕不遜於莎士比亞的劇作家，並且以此為榮。

何況，藝術這件事，是絕不能以第一、第二來分出等級的……。」

文學家看了之後，馬上承認他的錯誤，還對他的親友說：

「他說的對，我用詞太輕率了。」

也許，有人會說，那個讀者有雞蛋裏挑骨頭之嫌，但是，它確是不能掉以輕心的事，毋寧是說，它是跟整篇文章之有無說服力，息息相關。

某名作家如是說：

「文章裏如果出現『無疑的』三個字，你就要對它存疑。」

世界之大，能夠斷然說「無疑的」——的東西，並非不多，事實如此而隨便使用「無疑的」，一定是作者的思考方式有某些缺陷，或是藉此「以假頂真」——這就是名作家的理由。

從這種眼光來看，使用時必須特別小心的詞句，為數可真不少。

例如：「絕對是……」、「顯然」、「必然」、「當然」、「應該是」、「一定是……」等等，皆屬此類。

糟就糟在，這些都是極其「貴重」的詞語，我們舞筆弄墨時，常常少不了它。

譬如，拿「當然」這個詞來說，原是不相干的上下文，如果放它進去，就會產生緊密相連的作用。

請看下面的話：

「林先生是一位作品不多的作家，他的劣作當然少之又少。」

這一段話給人的印象是：

林先生的劣作之所以少之又少，是因為作品無多。

不錯，與每月可以寫數百張稿紙的人相比，不斷推敲，一天只能寫一張的人，他寫出劣作的比率，可能較低，可是，他的作品無多，到底是不斷推敲的結果，還是有寫不出東西的其他理由？

如此推想，那一句「當然」就一變而為「不怎麼可靠」了。

「決不」、「絕對是……」之類加強斷定口氣的詞語，也要格外小心。

就學或就業考試中的小論文，由於時間、字數皆有限制，考生難免有「無法在限制之內寫出結構緊密，邏輯性十足，說服力足夠」的小論文這種不安感，於是乎「無疑的」、「顯然」、「絕對」之類詞語，就紛紛出籠，打算藉此硬要評分者同意他的主張。

這種心情是可以想像的，可是要知道，這就跟打架時藉拉高嗓子，硬要對方就範一般無二。

從這樣的寫法，評分者一眼就看出你的膽虛，說服云云，談也別談了（不但出現不了說服力，連說服的意味，都會消失無蹤呢）。

也許，你會叫說：

「嘿，寫小論文要注意的細節，可真多呀，這，不是叫人出不了手腳？」

是的，寫任何文章，都要字字推敲，句句為營，這種基本態度，絕不能缺。

話說回來，必須在短時間內寫完的小論文，或許無法做到這樣的地步，但是，至少要知道哪些詞語少用為妙。前面提到的就是這一點，有此認識，你就比別人更有操勝券的機會。

為什麼不能使用那些詞語？

因為，它們都是「可乘之機」太多的玩意。對方只要有意挑剔，想挑剔多少就能挑剔多少。

也就是說，使用那些詞語，作者思考上的弱點就極易暴露。在數百人，甚至數萬人競爭優劣的小論文上，「絕對不要使用它們，這才是上上之策——這個道理應該銘記於心。

已故某名詩人的女兒——Y小姐，在她的一篇文章寫說，她剛剛開始練習寫作時，曾經不小心使用太誇張的形容詞——「世紀的大○○」，名詩人僅存的弟子——M，就告誡他說：

「妳身為名詩人的女兒，實在不該使用這種誇大失實的詞語。」

寫小論文就該把這句話咀嚼再三。

## 技巧50　當你很想使用形容詞，應該盡量用「具體的表現法」頂替它。

練習寫小說的第一步，是必須懂得下面的技巧：

文中不使用「漂亮」、「極好」等形容詞，設法用其他詞句表現出如何地「漂亮」，如何地「極好」。

的確，給加上這種「手銬腳鐐」，你就感到礙手礙腳，那時候，你才會發覺，過去是如何地濫用形容詞。

一些三流作家，懶得使用這種技巧，所以，常常用「像某某女影星那麼漂亮」，或是「笑容很像明星〇〇」等泛泛之語，應付了事。

他們知道應該把「如何地漂亮」描寫出來，但是，一則才能不足，一則懶於思考，所以，總是如此輕輕帶過，筆下的人物也就無法栩栩如生。他們的作為，不足為法。

不使用形容詞之所以有效，是因為捨棄「漂亮」、「極好」之類形容詞之後，可以給讀者產生「漂亮」和「極好」的具體感受。

換句話說，讀者之所以感動，並不是為了「漂亮」、「極好」等缺少實體的詞語，而是為了「為什麼漂亮」、「為什麼極好」的具體事實。

假設，小論文的題目是「論志願流通業的動機」，開頭是這樣寫：

「流通業勢必成為我國產業極好的行業。

超級市場、便利商店，已經很普遍，百貨店也愈來愈多。上街購物已經成為婦女的一大樂趣。

由此可見，流通業逐漸成為地域性社會的領導角色。這個行業的極好，就在這裏……。」

在第一行就冒出了「極好」這個形容詞。

據歷年做評分工作的人說，寫出此類小論文的考生，年年都有，而且不在少數。

任他怎麼主張「極好」，看他寫的內容，評分者就是一點也感覺不出「何以」極好。

這就是說，寫的人只知為自己的話陶醉而已。

「漂亮」啦，「太棒」啦，「最佳」啦，「驚人」啦，「壞透」啦，「可嘆」啦，無不屬於這一類形容詞。

再沒有比這種形容詞的堆砌寫成的論文，更缺乏魅力的了。

評分者個個都是飽學之士，或是經驗深厚的人，他們從這種文章一眼就可以看出作者膚淺的內涵。

自我陶醉是沒用的，要用文章傳達自己的主張，必須具有某些工夫，否則無法成功。

以「流通業」這個題目來說，必須把流通業之所以極好的地方，具體地寫出來，否則評分者很可能認為，作者只看流通業的表面就大做文章。

要是先寫流通業以何種方式貢獻地域性社會；與其他行業相比，業績的上升，日進千里；人才又是如何地雲集；與消費者的關係，密不可分……——然後，才點出「它確是一個極好的產業」，說服力不就大增了？

又，「好極」一詞，如果改為「有將來性」、「頗有發展的可能」、「與市民密不可分」等等具體性的表現法，不是更有真實意味嗎？

這麼一來，評分者就能夠清楚地接受那個印象，自然而然對那篇小論文也發生強烈的好感。

切記，此後只要想使用形容詞，你得暫停自己的筆，考慮考慮能不能改用另一種詞句來表達。

## 技巧51

## 題目由兩種項目構成的小論文，不要各自說明，應該引出兩者的共同點，申論它們的關係。

小論文的題目，根據出題趨向來分析，出現次數較多的，好像是由兩種項目構成的題目。例如，「組織與個人」、「自由與責任」便是。

由兩種項目構成的題目，通常，只取其中的一項，也能夠成為獨立的論文題目。

出題者既然把兩種項目合為一個題目，如果你不從中引出兩者的共同性來申論，那就不能稱之為論文了。

根據評分者的經驗之談，寫此類論文而拿不到好分數的人，八成是由於無法引出兩者的共同性來申論之故。

以「組織與個人」這個題目為例，如果寫說：

「個人就是指individual單一而無法分割的人而言。另一方面，組織卻可以因目的的不同，而重新編製。所以……」

把兩者固有的基本特質，用這種方法做並列的申論時，雖然寫了「所以……」，該如何接下去談論組織與個人的關係，可就煞費周章了。

我們不妨研究一下，採用什麼方法才能把「明確的理論」傳給評分者？此類題目，只要先把兩種項目的異樣弄清楚，然後才申論相互之間的關係，定下這個路線，寫來就容易多了。

一個題目包括兩個項目的小論文，從它的組成可以大別為四類。

①應該把重點放在表、裏或是正、負的關係（例如，「自由與紀律」）。

②應該把重點放在全體與部分的關係（例如，「國際經濟與落後國家的經濟」）。

③應該把重點放在對立的關係（例如，「機械與人類」）。

④應該把重點放在全體與部分的關係，以及表、裏的關係（重疊式，例如，「福祉社會與國民的負擔」。此類複雜型的比較少見）。

先弄清楚題目中包括的兩個項目，到底屬於上面四類中的哪一類，才談論兩者的差異，自然而然就能引出兩者的共同性，而據此下結論，整篇文章的論旨就井然而現。

下面就是對三個例子的說明。

**・題目「自由與紀律」：**

兩者的關係，看似對立，其實是表裏的關係。在沒有紀律的地方，如果每一個人都可以放縱而為，強者就獨享自由，專制君王於焉出現。因此，這篇小論文的結論應該是：「有自由的地方，必然有紀律相隨。」

**・題目「國際經濟與落後國家的經濟」**

兩者有全體與部分的關係。申論的重點是：國際經濟向來以先進國家為中心，如何作法才能把落後、先進國家的對立和等級的差別消除。

結論應該是：

「把經濟政策改為對部分也有益，對全體也有益的方向。」

**・題目：「機械與人類」**

兩者有對立關係。先把對立的事實說出來，然後探討消除對立，以及調和之道。

申論的次序如下：

機械的發展，使人類產生人性消失的傾向。

明知如此，人類還是無法捨棄機械。

如何運用機械，人類才不會喪失人性？

如何才能開發不至於使人類喪失人性的機械？

※　※　※

如此這般，先看透兩者性質的差異，才去論述相互間的關係，就不至於給人支離破碎的感覺，整篇文章便顯得井然不亂，綜理得當。

## 技巧52　把「客觀的事實」和自己的「推斷」，清楚劃分，論點就顯得暢順可讀。

主語不明確的時候，往往令人如墜五里霧中。

有些人就會使出這一招來佔便宜。

例如，對上司做某種提案的時候，故意把主語略去。說成這樣：

「據說，這次收購還是停止為妙。」

明明是他的提案，卻說成「好像是別人的意見」，所以，結果要是順利，功勞就屬於他，萬一失敗，就說：

「唉，是被亂說意見的人害了呀！」

如此把責任推給「不存在」的人。

省去主語，個人的責任所在就變得不明不白。寫小論文的時候，為了保持內容的邏輯性，對這一點要格外小心才是。

主語不明確，論文中的哪些地方會模糊不清？

當「客觀的事實」和「自己的意見」，混雜在一起，論點就大亂——主語不明確時，就會造成這個結果。

在前面一再提過，所謂論文，是指「根據某種具體的事實，加以分析，從中引出自己的意見做為結論」而言。

也就是說，從事實進展到意見——這種主流構成了論文的樞要，理論的脈絡就是由此而來。

如果任使這一點曖昧不清，我們可以說，論文的生命，等於死了泰半。

假設，題目是「日本人」，有人寫說：

「日本是島國（A），因此，常被指摘的一點是，日本人不善於跟外國人打交道（B）。

我倒覺得原因不僅僅是島國之故。日本語是一個孤立的語系，這個特殊現象……」

以前面的文章來說，A是「客觀的事實」，B是一般通用的意見（別人的意見），而其他部分則屬於作者個人的意見或是推斷。

能夠把自己的意見從哪裏開始，表現得一清二楚的小論文，可以讓評分者一眼就看出論點所在，讀來輕鬆，印象自然大好。

縱然他對你的意見不怎麼贊同，至少對你的能力——寫得出論點井然的文章的能力，有個認識，那就不至給你太差的分數了。

在這個例文裏，是「我倒覺得……之故」這句話的「主語」（我），把客觀事實和己見清楚畫分，論點大定，展開的理論就有了抑揚。

別小看了「我」這個字，由於清楚地，及時地點出「我」，文章的理論就變得明快可讀。

當然，這不是說，動不動就把「我」搬出來，只要在你腦中，有這樣的觀念就夠了。

## 技巧53 任何文章，只要使主語和述語很明確，就顯得理論井然，易於了解。

在日常生活裏，我們常常碰到這樣的情況。

甲從外面跑進來，對乙口沫橫飛地說某種消息。由於急得像什麼似地，說起話來，有點顛三倒四。

乙聽了半天也聽不出甲在說什麼，他就大喝一聲：

「到底是誰怎麼了？」

問題的關鍵就在：「誰」「到底怎麼了？」

任何事情，不管有多複雜，追根究底就在「誰怎麼了？」對這，我們都根據經驗，知之甚詳。

也就是說，面對混亂透頂的話，這一句「是誰怎麼了？」會發生撥雲見日的效用。

平時，我們都會如此對付不清不楚的話，但是，寫文章的時候，是不是也會善用這一招？

日常生活中當做常識的事，不會反映在文章，這倒是很奇怪的事。文章的骨格，本來就由「主格」（誰、什麼）和「述語」（怎麼了？）兩種要素構成。

換句話說，只要弄清楚「誰怎麼了？」文章大致的形式就顯得齊整。但是，很多人寫的文章，無法做到這種最起碼的條件，這不是天大的笑話嗎？

「戰爭有為防止戰爭而戰爭的可能，事實上，絕無可能……」

讀這一段文章，你會覺得它的論點不知所指何事。這是文意相當混濁的文章。

首先，我們可以指出，主語和述語的關係很不明確，再則主語、述語之間插入的句子也太長。

為什麼會寫成這種不倫不類的文章？

原因之一，是它受到英譯壞影響的一面。

由於大家的英文能力，普遍上升，反而招來國文能力下降的結果。在小論文中，英文直譯的壞影響最為顯著的就是「關係代名詞」的誤用。

請看下面的文章：

「這個意見，是前幾天晚上我在書店發現的十八世紀文豪○○在『吾人非超越現代不可』一書裏的第五十頁所記載的意見。」

一看就知道，這個文章是以直譯英文的關係代名詞那種方式寫出來的。主語和述語間插入的句子，本來就夠長了，加上書名也不太短，更使插入的句子，顯得冗長。

不錯，這一段文字頗有正確無比的科學意味，但是，理論的展開就顯得「磨磨蹭蹭」，碰到急性子的評分者，不給攪得心焦異常才怪。

讓評分者焦躁攻心，還會有什麼好結果？

英文能力普遍上升是好現象，但是，可別濫用英語的直譯式文章，使評分者大感不耐。

寫出這種混亂已極，或是「磨磨蹭蹭」的文章時，你要快刀斬亂痳，把它整理成「誰怎麼了？」式的簡要文章。

在主語和述語間插入的句子，絕不能太長，否則，「誰」到底「怎麼了？」之間相隔驚人，看文章的人，就摸不出一個理路來。

切記，腦裏要常想：「誰怎麼了？」最低限度把這一點掌握住，那麼，即使其他地方稍亂，整個文路就不至於雜沓無序了。

# 第四章　自設障礙毀了前途

## ——怎麼寫評分者就懶得看完全文？

## 技巧54 自以為評分者對某件事有必備的知識而寫出的小論文，說服力必定大減。

學者撰寫通俗的書時，有些人會寫得簡明易懂，有些人卻寫得文意難解，讀來很辛苦。

這一類的著作，如果寫得簡明易懂，表示作者善於掌握讀者的知識背景。市面上這一類書的暢銷，自有道理在。因為，作者懂得讀者對專門知識並不充足，所以，盡量避免使用專門用語。

也就是說，他不認為讀者有這方面必備的知識，因此，寫的若是有關經濟學的事，或是哲學上的理論，總是把讀者當做「一竅不通」，以最淺顯，一看即懂的文章，說明他想說的話。

說來，這本是天經地義的事，否則他怎能把自己想訴求的事，讓一般人有所了解？

寫小論文的時候，如果你想訴求一件事，對這些學者撰寫通俗書的態度

（手法），就有學習的必要。

可是，很多小論文的作者，卻思不及此，說什麼：

「有關這一點，〇〇所著的××一書裏，已有詳盡的解釋，在這裏不打算另做說明……。」

這就是說，他自以為評分者對〇〇所著的××一書的內容，無所不知。

又如，面對「我的嗜好」這種題目，就大量使用有關那個嗜好的專門用語，沾沾自喜地大論特論，一點也沒有想到評分者是不是也有那個嗜好。

這種小論文給評分者的印象，是不難想像的。

如果評分者對那個嗜好沒有必備的知識，是不用說了，就算他也有那個嗜好，看你如此大用專門用語，不當做那是一種「掩飾」，至少也會給你蓋個「過分自大」的烙印。

為了避免這個現象，使用專門用語時，你必須一一附加簡要的說明，使人一看即懂。

如果引用某某人的著作，就不能省去「將其主張適當地濃縮」的工夫。

換句話說，你要把評分者當做對那一類必備的知識一無所知，在這種前提之下，你寫的小論文，評分者不但不會給你蓋上「自大」的烙印，文章本身也會產生足以說服他的力量。

為了避免陷入過度運用專門用語的毛病，平時就要多看報紙、雜誌的「經濟評論」之類的文章。

那些文章，都以淺顯的文字表達，即使對經濟學一竅不通的人，也一看就懂。

他們用什麼手法表現打算訴求的事，都在整篇文章中顯現出來，你只要用心多看幾次，就無師自通了。

## 技巧55 段落不能太長，以一張五百字的稿紙來說，至少要分成兩段，否則很難引起評分者看下去的興趣。

假設，你是小論文的評分者，面對一大堆必須由你在短期內看完的答案，以稿紙來算，可能有數百張，在這個情況下，如果看到整頁都沒有改行（分段落）的文章，你會有什麼感受？

一般的小說，段落分得多，又不時夾著會話，所以，讀起來並不會覺得沈悶，要是整頁都不改行，又沒有會話，讀起來可就頭痛欲裂。

這個道理，完全適用於評分者的心理。

當然，整頁沒有段落，也不至於跳過不讀，但是，讓評分者感到「窒息感」，倒是無可否認的。

既已產生了「窒息感」，即使一字字看下去，那種「看」的深度和感受，對作者來說，一定是弊多於利的。

假設，你寫的小論文，理論精闢，屬於上上之作，但是，由於不注意段落的分法，致使評分者未能細加審讀，你的得分必然大減，這不是很划不來嗎？

事實如此，而年年都有很多考生犯這種錯誤（不太喜歡適時改行），實在很可惜。

一寫就是密密麻麻地，整張稿紙，不見一個段落——這似乎是考生的通病。

難道他們以為一有了段落，就出現很多空格子，這些空格子會使文章的內容，顯得沒有深度？

站在評分者的立場來說，這絕對是「杞人之憂」。

不僅此也，由於分了幾個段落，就出現空格子，如果又有詩、歌、引用語、會話等等，而出現一些引號，空白部分就增加，評分者在審閱很多稿紙時，忽然看到這種文章，可真會吁了一口氣，反而被那個作品吸住呢。

總而言之，你就想成「段落是為評分者而設」的就好了。

段落的分法，因人而異。不過，最妥切的方式是：以一張五百字的稿紙來說，至少要有二～三次段落為宜。

少於這個次數的段落，就不太好，因為，評分者總是順著段落去了解內容，段落太少，等於增加了他的負擔（無法一口氣看完），站在考生的立場，何必逼使評分者如此「受罪」？

分段的時候，務必在上面空兩個字（這是寫文章應有的知識，但是，不守這個規則的人，還真不少）。

又，稿紙有很多種，從一張二百字到六百字的都有，有些企業則只發給一張白紙，段落的分法就要隨其種類而改變。

前面說過，一張五百字的稿紙，至少要分段二～三次，由此推算，一張六百字的稿紙，就要分段三～四次（如此類推）。

要是只發給你一張白紙，全文以八百字為限的話，就得分五～六次了。

## 技巧56

**為了掌握時間，平時就以一張五、六百字的稿紙，練好「寫文章應有的速度」，臨考之時才能從容應付。**

筆耕為生的人，通常對自己寫稿的速度，都一清二楚。

某作家曾經說過這樣的經驗之談：

「每天，我都寫四小時，每小時至少以六百字的稿紙寫兩張。這個習慣，歷年不改。因此，每一篇東西，不會在截稿數天之前完成，但是，絕不過超過截稿日。」

寫小論文也像作家的截稿日一樣，有必須嚴守的時間，想在限定的時間內把小論文寫完，平時就要對自己寫文章的速度，有個把握，能夠做到這一點，臨考之時，它就無異是一種利器了。

每一小時到底可以寫多少字，以前面提的某作家的例子來說，還是他寫過數千張，不，數萬張稿紙之後，才掌握到的，參加入學考試或是就業考試的人，即使無須做到那種地步，平時，至少也得略做練習。

不過，速度的算法，不能照作家那種方式（一小時寫多少張），應該以「寫一張稿紙要多少分」的方式來計算。

因為小論文的考試，分秒必爭，腦裏要有「寫一張（或是幾百字）要多少時間」的觀念，才能應付得來。

這裏說的時間，當然是指「寫出正確無比的文章所需的時間」而言。更具體地說，這是包括分段、標點符號、內容都寫好的時間。

掌握了寫一張稿紙所需的平均時間之後，你就可以在考場，根據限定的張數（字數）和時間，算出你實際上要「寫」的時間，然後，再分配剩餘的時間。

寫小論文的順序，大致可分為「構思」→「寫」→「推敲、檢查錯別字」三個階段。

將實際上花在「寫」的時間算出來之後，「構思」及「推敲、檢查錯別字」所需要的時間，也會有個準，那麼，你就可以放膽下筆了。

平時，對自己「寫」的速度，一無所知的人，在考場面對寫小論文的考試時，總是不顧一切，只知揮筆疾書，這些人，通常都會寫出很多錯別字和語意不盡清晰的文章。

換句話說，他們在「推敲、檢查錯別字」上，相對地花費甚多時間，造成「兩面不討好」的結果。

要是內容尚能過得去，那就還可以得救，如果為了趕著寫完，而疏忽了構思的工夫，寫完之後，說不定還得「大動手術」，那就得不償失了。

必須謹記於心的是，寫小論文的時間，通常不會給得太長，萬一搞得非事後大動手術不可，那就等於「時間已到」，你只有嘆一聲「萬事皆休」了。

平時準備，這種現象就不會發生，這個差別，說不定就決定了你的及格與否，豈能掉以輕心？

## 技巧57 既有字數的限制，你就不能「多寫一字」，也不要寫得字數不足一成以上。

小論文的試題，通常都有字數的限制。

大致說來，投考大學是八百～一千字不等，投考企業是八百字以內居多。有些人把試題中「八百字以內」的規定，解釋為：「既然限為八百字以內，寫七百字或是六百字都可以。」錯了！所謂「八百字以內」，意思是說，把標點符號、分段造成的空格子都包括在內，根據題目，寫出八百字的小論文。

換句話說，對方是要考你「如何用八百字的文章表現出你對題目的看法」。

也可以說，出題者認為，用八百字就能寫出某種程度的內容。因此，你的字數如果少得很多，評分者瞥一眼就判斷這篇文章沒有使出全力，對主題的闡述，也不夠周密。

事實上，這樣的文章，大多漏了一些必須掌握的「最起碼的重點」。

通常，字數少了限定字數的一成以內，評分者似乎也不為此而扣分，但是，字數少了一成，重點也沒有充分闡述，那就「有得瞧」了。

如果限定的字數是「八百字」，最好要寫到七八〇字以上，這個原則，千萬別忽略。

字數不足與字數超過，兩者相比，哪一種被扣分扣得多？

答案是：超過字數的扣分，比較嚴重。

以某企業來說，小論文的字數如果超過「一字」，就毫不客氣地扣一半分數。

也許，有人會說，這種評分法未免太「殘酷」，但是，平心而論，這是錯在應徵者。他們把「限定」的意義看成可有可無，想得太「天真」了。

綜合上面所說，有關字數，你一定要遵守下面的原則，以免失去寶貴的分數。

①字數絕對不要超過限制。

②即使字數不足，只要內容精闢，不至於影響得分，但是，絕對不能少到一成以上。

③字數限定為八百字時，最好寫到七八〇字以上。其餘類推。

## 技巧58 每一句話的末尾，都用同一種措詞連續兩次以上，會給評分者留下「不乾脆」、「平板無味」的不良印象。

聽政治家演講或發表競選演說時，我們會發覺到，常有兩種以上同樣的措詞，屢次出現。

例如，他們在語句末尾常用的措詞之一是：「你們不覺得的確是這樣嗎？」

他們把這句「你們不覺得的確是這樣嗎？」連續使用二、三次，目的就是藉此逐次拉高訴求效果。

演說，是訴諸於人的感情為多的傳達手段，所以，採用這種方法，的確有說服效果。

但是，事關小論文，就大不相同。小論文的訴求對象是極端理智的評分者，如果你也用演說的方式，在語尾使用同一種措詞，出現兩次以上，那就弊多於利，一點好處也沒有。

假設，小論文的題目是「近來的社會情況和我的信條」，你寫說：

「一個人最可貴的是，處於最惡劣的環境仍能冷靜判斷，我這麼認為。處於那種情況，而能不隨波逐流，堅守自己的信條，是最要緊的事，我這麼認為。有了自己的信條，在危難當頭的時候，才能心有寬裕，從容應變，我這麼認為。」

在短短一百多字的文章裏，末尾連續三次使用「我這麼認為」，這樣的寫法，給評分者的印象是：

①理論的展開，多有凝滯。

②措詞不當，也不乾脆。

③平板無奇，讀來乏味。

採用這種拙劣的手法，無異暴露了作者的心虛（無話可說）。就算內容的確拔尖過人，如果連續來了三、四個「我這麼認為」，整個好內容就給破壞殆盡，豈不是前功盡棄？

何況，「我這麼認為」是純屬主觀的、個人的感懷，這種表現法應該極力避免。

就算非用不可，為什麼不把後面的三個「我這麼認為」，換成三種不同的說法？

下面就是修飾之後的例子。

「我認為一個人最可貴的是，處於最惡劣的環境仍能冷靜判斷。

處於那種情況，而能不隨波逐流，堅守自己的信條，實在有其必要。

有了自己的信條，在危難當頭的時候，才能心有寬裕，從容應變，這是不言已明的事。」

又如，以同一種語尾總括時，並不至於太長，就乾脆改成一句話，使文章顯得更簡潔。

例如，原是像下面的文章：

「他是英國人。他的女朋友也是英國人。而他們的朋友A，也是英國人。」

可以改成：

「他和女朋友，以及他們的朋友A，都是英國人。」

小論文的考試，往往可以從這種「小地方」，被「以小見大」，萬萬不能等閒視之。

## 技巧59

## 「我覺得」、「我有這種感覺」之類的措詞應該避用，因為這種表現法等於強調了小論文的正確性不大。

日本一位教授，曾經說過這樣的故事。

「我研究過英語數十年，總算足夠日常生活之用，可是，跟洋同事談話，偶爾也會鬧笑話，害得我慚愧萬分。

有一次，一位洋同事特別指出我的毛病，那次經驗，至今仍然歷歷在目。那時候，我們正在爭論一件事，爭論的內容，已經記不得了，我只記得，為了對某件事表示「遺憾」或「失望」，說了一句「I regret……」。話剛說出，洋同事就說：『不對！』

我不明白他說『不對』的意思，不禁語為之塞。他看出我在發疑就解釋說：

『您在這個時候，不能說I regret。我們正在談論的問題，對您而言，是不是一種遺憾，與我全然無關。有所議論的時候，應該除去個人的感想，盡量從客觀的一面去看問題。你要說就該說：It is regret……』。

外文的邏輯觀念，是不是比東方語文要強，姑且不論，他們所強調的：「寫論文與其用I做主語，不如用It做主語」這倒是值得我們銘記於心的事。

要使文章顯出客觀性，就得盡量不用「我覺得」、「我有這種感覺」之類的表現法。

話是這麼說，寫小論文而不用「我覺得」、「我認為」的考生，實在不多。

這種自我心情的表現，與前面說的「I regret」，頗有異曲同工之處。對考生來說，「我覺得」、「有這種感覺」的表現法，算是「誠實」的，因為，他的確這麼感覺，但是，對看文章的人來說，卻顯得缺乏正確性。而，缺乏正確性，正是小論文的致命傷，因此，有些評分者一看到這種表現手法，立刻把作者歸為「不及格」的候補人選。

相比之下，使用「我覺得」比較多的是女性。這可能是和女性的柔弱性情有關。事實上，這樣的表現法會使文章更有女性的溫柔意味，可要知道，寫小論文就多少要犧牲「女性的一面」，以免陷入文意曖昧之境。

即使不重複「我覺得」、「我有這種感覺」，出之於女性的文筆，在字裏行間總會流露出女性的意味。

## 技巧60 用同樣的連接詞，拖拖拉拉串起來的文章，容易給評分者幼稚、缺少內涵的印象。

小學生的作文，常常出現這樣的文章：

「今天是遠足的日子。上午八點，我們在學校集合。於是，老師向我們說了該注意的事。然後，我們就搭上巴士。然後，我們就到了公園……。」

小學生作文的特點，是經常用「於是」、「然後」來串連一句話。

越是語彙不豐的低年級學生，越會連續使用同一種連接詞，怪就怪在，大學生寫的研究報告，也頗多跟小學生如出一轍的文章。

下面就是一個例子。

「因為，他是多愁善感的作家，因為，感情的起伏太大，他的表現方式，往往顯得很激烈……」

第二個「因為」，可能是不小心加上去的，可要知道這種失誤，卻是評分者最容易一眼看出來的毛病之一。

使用同一種連接詞，拖拖拉拉連起來的文章，無異暴露了作者無法正確掌握上下文關係的弱點。

有必要使理路明確的文章，首要之務，是把上下文的關係，表現得清清楚楚。

是用「因而」承接上文，表示「因果」關係，還是用「以及」連接上下文，表示「並列」的關係，抑或用「但是」連接意義相反的上下文，表示「轉折」的關係？

這種上下文的關係，要是模糊不清，展開理論就無法如手使臂了。

使用不妥當的連接詞，對考生來說，「閃躲」的機會就多，未嘗不是「方便」到家的事，可要知道，老馬識途的評分者，對考生如何使用連接詞，格外地注意，這也是事實。

又，同一種連接詞一再被用，表示理論無法展開，老是在同一個地方「兜圈子」而已。

從這個觀點而言，並不怎麼長的一句話裏，如果出現幾個同樣的連接詞，應該設法以其他詞語頂替，這種調整文章形式的工夫，也是寫小論文不可或缺的重要技巧之一。

把同樣的連接詞改頭換面，就不會給評分者留下「幼稚」的印象，也會產生「理論微妙發展」的效果。

## 技巧61

**為了使言詞產生正確感，也為了引起評分者的注意，特殊用語和特殊用法，應該附以括弧或引號。**

太平洋戰爭結束的兩天前——一九三五年八月十三日，日本的報社「讀賣新聞」，刊出了這樣的消息：

「美軍在廣島、長崎，終於投下了『原子彈』……。」

在當時的日本，原子彈是初次聽到的名詞，一般人還稱它為新式炸彈而已，所以，報紙上特地用引號夾注在首尾。

七十多年後的今天，報紙上就不再給原子彈加以引號了。如果還加上引號，那就表示用於特殊的比喻時。

以日本，一九六九年九月二十日的「朝日新聞」報紙為例，刊了這樣的消息：

紐西蘭轟動一時的「怪獸」，業已證實只不過是一隻老鯊魚……。

給怪獸二字加上引號，是因為在紐西蘭領海內發現的生物屍體，人們一直爭論它是不是怪獸之故。

從這些例子就知道，特殊用語或是特殊用法上附加引號，或是括弧，它就會發生強調的作用，與其他詞語，截然有了區別。

引用諺語、名言、俗語，或是強調文章中的某部分時，使用引號或括弧，它們的用意也在這裏。

這個技巧，在寫小論文時，可以表示考生在何種意義之下使用它，以及如何把它定位於整篇論文之中。

評分者就能從中看出考生想訴求的是什麼。

假設，小論文的題目是「身為職業人應該如何從事工作？」

其中的一段文章寫說：

「這年頭的年輕人，似乎把工作當做撈一筆遊樂費的手段，有這種觀念的『職業人』，為數頗多。」

這就是說，作者賦予職業人這個名詞特殊的意義，為了把這個觀念明確表達給評分者，特地為職業人加上引號。

又，使用某種詞語於一般文章時，由於必然發生「失調」現象，就以引號或括弧表示那是故意引用的。

例如，「剮上」、「揉捏」、「採取」等等，不常用的詞語，就用引號來沖掉它的不諧和感。

又如，在小論文中，寫出書名或是雜誌名稱時，使用引號，一眼就可以看出那是出版物的名稱。

下面就是一些例子。

- 去年的「婦女生活」曾經刊載過這個消息。
- 「聯合報」搶盡了獨家報導。
- 很多人都在看的「偉人傳記全集」……。

在短小的文章裏，若能善用引號或括弧，整個結構就有「見挺」之效，也會給評分者留下強烈的印象。

## 技巧 62

**教育「上的」觀點、抽象「性的」意義——這一類「……上的」、「……性的」詞語，如果用得太濫，會給評分者捉摸不定的印象。**

英國劇作家薛立敦（Richard Brinley Butler Sheridan 一七五一～一八一六）寫的《逐電者》（The Rivals 一七七五）一書裏，有一個角色叫做「誤用夫人」（她的綽號）。

這位「誤用夫人」有濫用難字的癖性，例如，把allegiance（忠義）誤以為alligaterter（產於美洲的鱷魚）。她經常鬧出這種糗事，引人失笑，但是，她本人卻得意洋洋。

小論文的作品中，就有很多這種現象。「何必使用那麼難解的表現法？」這是碰到此類文章時，評分者同聲長嘆的事。

例如，「……性的」、「……上的」之類的表現方式便是。

視覺性、異質性的、機能性、後進性、人類的、今日性的自覺、構造上的……。這是從某雜誌的一篇論文中，隨便挑出來的，隨便一挑，就有這麼多「……性的」、「……上的」，可真叫人昏昏欲睡。

當然，有些是從上下文的關係可以了解其意，但是，我們不禁發疑：難道沒有更簡明的表現法嗎？

以「人類的」這個例子來說，它是指「像一個人」？「有理智」？「身為人類的一分子」？或者是「有人性」？反正，作者想表達什麼意義，光是從「人類的」三個字，實在無從猜測。

又加「今日性的自覺」，到底是指「處於現代應有的自覺」？還是「現代式的自覺」？老實說，看的人一定為詞意之不明而頭痛欲裂。

又如，「……是異質性的。」這種表現法，有多迂腐！何不乾脆去掉「性」，改成「……是異質的東西」？去掉「性」，文意未變，而且讀來更順口。

寫任何文章，如果使用的詞語無法給對方簡明、正確的印象，你就該捨而

勿用，

特別是小論文，尤應注重在有限的篇幅中，寫得簡潔、明快。

為了避免留給評分者捉摸不定的印象，得把「……性的」、「……上的」表現方式，改為一看即懂的詞語。

寫小論文，千萬不要學習「誤用夫人」那種自我陶醉的怪招。濫用難字並不表示你是博聞之才，這一點務必謹記才是。

## 技巧63 沒有自信的詞語或成語，與其貿然使用，不如改成有把握的表現法。

文豪中的文豪，也常常使用錯別字。

出版大王出版的書，往往也把作者的名字印錯。

日本名震遐邇的一家出版社，有一次，出版「芥川龍之介選集」。芥川龍之介是日本最有名的文學家之一，但是，出版社卻把「龍之介」誤印為「龍之助」，直到發售的前一天，才發現這個大錯誤。老闆聞訊，下令重印封面，差一點就鬧出大笑話。

如果你認為，文豪、大出版社都會發生這種錯誤，區區小論文，即使寫錯幾個字，又有何妨？這可就大錯特錯了。

就為了是小論文，才不容有錯別字。在論文考試中，文中若有一個錯字，就可能損失好幾分，錯字如果多達三個字以上，就是致命傷——你要有這種心理準備才是。

文章有錯字，表示你的語文能力「不怎麼樣」，何況，有些評分者對錯別字恨之入骨，你一旦被抓到這個小辮子，很可能「回天乏術」呢。

要是文字暢順，理路井然，內容之佳，堪稱一、二，卻為了有幾個錯字，而被判「不怎麼樣」，豈不冤枉到了家？

為了避免陷入這種不幸，當你對某個詞語或是成語，沒有絕對的把握，你就乾脆換一個有把握的詞語，或是改變說法。

譬如，想使用「態度真摯」這個詞句，而對「真摯」的「摯」沒有把握，你就捨「真摯」而用「懇切」，如此一來，你對「真摯」沒有把握的弱點，就不會暴露於評分者面前。

日本慶應大學某一年的小論文試題是：「我所知道的本校創設者」。慶應大學的創設者是「福澤諭吉」，一個考生對「諭吉」或是「喻吉」，頓時判斷不出何者為正確，他就避不用「諭吉」或「喻吉」，改用「福澤翁」，這算是符合前面說的技巧。

不過，錯別字這玩意，往往是不知不覺中就寫下來，所以，寫完小論文後，應該從頭看一遍，以極端冷靜的眼光，找出錯別字。這是考場中應有的習慣，千萬不能忽略。

## 技巧64 修飾語和被修飾語的關係，要使之明確，才能加強評分者的印象。

「強大的颱風造成的災害，也使先進國家每年為之頭痛不已……。」

看這一句話，你知道的是什麼？

乍看，「強大的」這個字眼，似乎是形容「颱風」的詞語，可是，仔細思考（從整句話的文意來判斷），應該當做它是在形容「災害」一詞。

也就是說，把整句話的意思，解釋成下面這樣，在理論上才算妥切：

「颱風所帶來的慘重無比的災害，也使一些先進國家，每年為它而頭痛不已。」

換句話說，「強大的颱風」造成的災害，不是指「強度颱風的災害」，而是指「颱風造成的巨大災害」。

只要細心揣摩，就不至於看不出個中真意，但是，無可否認的，這種表現法很容易引起「誤會」。

不只是寫小論文，寫一般文章時，下面的技巧，是經常被提到的：形容詞和名詞，或是副詞和動詞，彼此之間，如果離得太遠（就像前面提過的颱風的例子），讀來拗口，給人不暢順的感覺，所以，務必盡量使之接近。

知道這回事的人一定很多，在這裏，之所以特地強調，是因為寫小論文的時候如果不遵守這個原則，一旦被評分者「誤會」，你就挽救無望。

所謂挽救無望，是說，如果是小說那樣的長文，即使出現混淆不清的表現法，還可以順著前後文的脈路看下去，總有疑問冰釋的機會。而，小論文的文章，通常都是去蕪存菁，以簡潔為旨，因此，想從上下文去揣摩混淆的文意，往往揣摩不出一個所以然來。

評分者又不是專為看你的文章而有，他還有一大堆答案要看，所以，為了揣摩你的文意而花費長久的時間，幾無可能，倒是有可能整得他心煩意躁呢。這麼一來，吃虧的還不是你自己？

為了不讓評分者因而對你產生壞印象，最主要的還是別讓他對你的文章有所誤解，以前面颱風的例子來說，應該寫成：

「因颱風而造成的慘重災害」，或是「颱風帶來的災害之慘重」，文章才顯得暢順可談。

我們不妨再舉一個例子。

好比說，「很活躍的貿易公司的營業人員」，這句話的表現法，就會使人搞不清「很活躍的」是在形容「貿易公司」，還是「營業人員」。

以這句話來說，從上下文的關係，可以猜出「很活躍的」是在形容「營業人員」，既然如此，何不改成「貿易公司很活躍的營業人員」？

這不是念來順口，文意也一清二楚嗎？

以上所說的兩個例子，都是形容詞和名詞的關係，如果換成副詞和動詞的關係，道理也一樣。

請看下面這句話：

「劇烈的昂騰的物價一被拉下來，經濟就會混亂。」

「劇烈的」一詞到底是在形容「昂騰的」，還是形容「拉下來」呢？

老實說，我們也猜得出形容的是「昂騰的」，那麼，何不寫成「劇烈昂騰的物價一被拉下來，經濟就會混亂」呢？為什麼要加個莫名其妙的「的」呢？

又，就有人原意是以「劇烈的」來形容「一被拉下來」，竟然也用「劇烈的昂騰的物價一被拉下來，經濟就會混亂」這種表現法，豈非離譜太甚？

這時候，正確的表現法應該是：

「把昂騰的物價劇烈地拉下來，經濟就會混亂。」

否則，評分者必然「劇烈地混亂」，在這種情況下，奢望拿高分，真是休想，休想！

修飾關係不盡明確的文章，大多出現在「揮筆疾書」，打算「一氣呵成」的人身上。

如果，你想寫一篇足以給評分者好印象的小論文，就要特別注意，形容詞和名詞，副詞和動詞之間的間隔，不要拉得太長。

## 技巧65 黑話、隱語以及太粗俗的口語，千萬別用在小論文上，否則會降低了文章的「品格」。

小論文並不是小說，所以，出現江湖上的黑話、隱語，或是太鄙俗的口氣，就大大降低了文章的「品格」，這是一般考生很少注意到的事實。

而妙就妙在，喜歡使用這種詞語的，以文章能手自負的人居多。

也許，他們認為這麼做，一則可以表示自己的文才不偏一方，一則更能表現文章的活潑、有趣。

可要知道，這種技巧就會帶來反效果。

小論文不是隨筆，也不是一般所謂的作文，更不是小說，大要這些詞句，只有百害而無一利。

別為了企圖寫出與眾不同的小論文，而忘了小論文重要的要素之一——內容的深度。

評分者在小論文中看到滿紙的「混球」、「帥勁」、「迷死人」、「凱子」、「馬子」之類詞語，你說，會有什麼感受?

這並不是說，勸大家刻意使用典雅、高尚的詞句寫小論文，只要以簡明的文字，從容寫出個人獨特的看法即可。

要是求簡明而失去「深度」和「邏輯性」，那就不是單純的言詞問題了。

「我的作品」——

# 作者簡介

林顯茂　台南縣人，日本東洋大學社會學碩士，專攻社會福祉學，歷任中小學、師範、大專教師及教育行政多年，曾創辦高雄市立瑞豐國中，學校經營頗多創見，榮獲教育部「指導工作特優獎」，曾任高雄市政府教育局第一科科長，兼任私立高雄醫學院副教授暨高雄市張老師、福澤社會服務中心諮商顧問、國中校長。

近年來熱心致力於學校諮商及社會個案工作之臨床研究。有關教育及輔導之著作甚豐，出版專著十六冊，發表論文譯述百餘篇，散見於國內各教育及輔導刊物。

國家圖書館出版品預行編目資料

小論文寫作秘訣 / 林顯茂 編著
——3版，——臺北市，大展，2010 [ 民 99.04]
面；21 公分—（校園系列；23）
ISBN 978-957-468-738-1（平裝）
1.論文寫作法
811.4 99002422



# 小論文寫作秘訣

編 著 者/林 顯 茂
發 行 人/蔡 森 明
出 版 者/大展出版社有限公司
社 址/臺北市北投區（石牌）致遠一路 2 段 12 巷 1 號
電 話/（02）28236031，28236033，28233123
傳 真/（02）28272069
郵政劃撥/01669551
網 址/www.dah-jaan.com.tw
**E-mail**/service@dah-jaan.com.tw
登 記 證/局版臺業字第 2171 號
承 印 者/傳興印刷有限公司
裝 訂/佳昇興業有限公司
排 版 者/千兵企業有限公司
3版1刷/2010 年（民 99） 4月
3版2刷/2020 年（民 109）11月

定價/240 元

大展好書　好書大展
品嘗好書　冠群可期

大展好書 好書大展
品嘗好書 冠群可期